KB245921

뮤직 온 2

초판 1쇄 찍은 날 2009년 1월 14일
초판 1쇄 펴낸 날 2009년 1월 22일

지은이 | 강선우
펴낸이 | 서경석

편집장 | 문혜영
책임편집 | 최하나
편집 | 정서진 , 유경화

펴낸곳 | 도서출판 청어람
등록번호 | 제1081-1-89호
등록일자 | 1999. 5. 31
어람번호 | 제 1-1022호

주소 | 경기도 부천시 원미구 심곡2동 163-2 서경B/D 3F (우) 420-822
전화 | 032-656-4452   팩스 | 032-656-4453
http://www.chungeoram.com
E-mail | eoram99@chollian.net

ⓒ 강선우, 2008

ISBN 978-89-251-1649-5 04810
ISBN 978-89-251-1607-5 (세트)

ncept Book - 연예(演藝)

강선우 소설

뮤직 온

MUSIC ON

2 아버지의 편지

[전 3권]

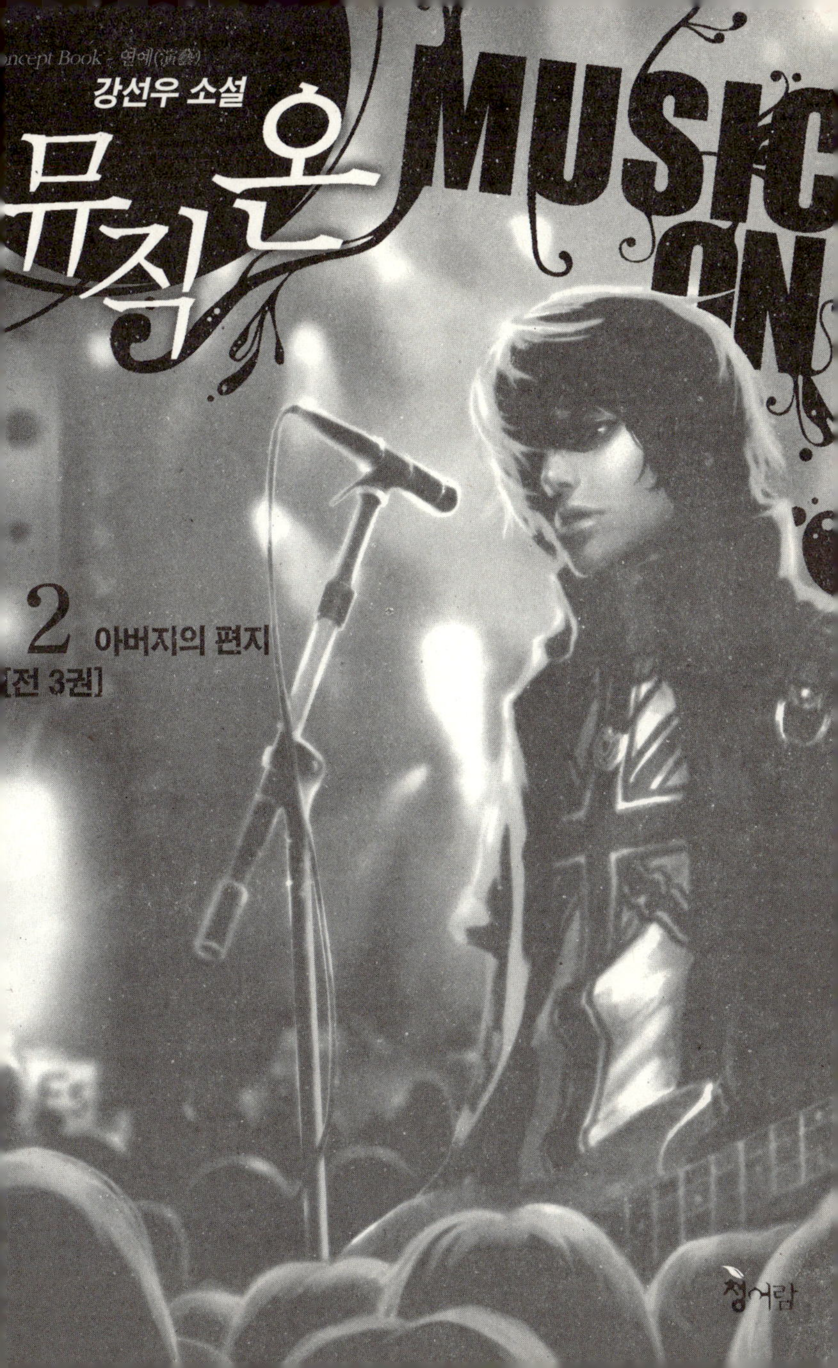

청어람

MUSIC ON

CONTENTS

Lesson 1 아버지의 편지

MUSIC ON

1

"또 한바탕 하고 온 거냐?"

교실로 들어가자 날 기다렸다는 듯 반장인 우형이가 다가와 말을 걸었다.

적당히 책가방과 교과목들을 정리한 나는 웃으며 말했다.

"자꾸 귀찮게 하잖아. 그년들 왔냐?"

"음. 창밖으로 네가 깽판 치는 거 보더니 그냥 가던데? 그나저나 너, 그 성질 어떻게 안 되냐? 보아하니 용건도 꺼내지 않은 듯하던데 보자마자 그냥 뼈를 꺾어버리냐?

너 그래서 중학교 때도 꽤 불려 다녔잖아."

"건드는데 자꾸 어쩌라고. 쯧. 그래도 그 정도면 많이 참은 거야. 몇 명은 멀쩡하잖아?"

"에이, 어쨌든 이번에는 또 신미란에 이어서 김수진이냐? 학교 최고 얼짱들은 네가 다 섭렵하고 다니는구나. 중학교 때도 그러더니."

"그때는 그때고. 너도 알겠지만 난 해바라기라고. 그 애들은 그냥 내가 예뻐하는 여동생일 뿐이야."

"하긴. 쯧."

우형이는 그렇게 말하며 내 앞자리에 앉더니 히죽 웃으며 말을 이었다.

"어때? 그 두 애들, 남자 친구 있냐?"

"흠, 글쎄? 없는 것 같은데? 왜, 소개시켜 줘?"

"그래주면 좋지."

녀석은 아주 맑고 화창하게 웃으며 대답했다. 말은 저렇게 해도 녀석이 여자에게 별 관심이 없다는 건 아는 사람은 다 아는 사실이기에 나는 가볍게 말했다.

"에이, 포기해. 너 같은 일반인이랑 어울리는 녀석이 아니니까. 그나저나 요즘 어때? 준비하던 건 잘돼가?"

"아, 그러잖아도 그거 말하려고 했는데, 오늘 그곳에서 연락이 왔거든."

"오, 연락? 좋은 소식?"

"물론이지."

"이야~ 대단한데? 이우형! 해냈구나!"

"해내기는, 지금 들어가 봤자 수습 기간으로 삼 개월 이상은 보내야 할 텐데. 그리고 그거 끝나도 막내 생활 꽤 해야 돼."

"그래도 인마, 잘된 거잖아! 누가 네 나이에 그런 곳에 당당히 합격할 수 있겠냐? 이야, 이거 나중에 네 신세 좀 져야 하는 거 아냐?"

"신세? 니가 왜?"

"왜긴, 흐흐. 나도 요즘 가수할까 생각 중이거든."

"헐. 니가 가수? 진심?"

"왜, 난 안 되냐? 뭐, 정확히 가수가 될지 뭐 할지 정하지는 못했지만… 일단 생각 중이야."

"오, 그럼 동종업자가 되는 건가? 난 작곡가, 넌 가수?"

"흐흐. 그런 거지."

난 음침하게 웃으며 대답했다.

이우형.

작곡가 지망생으로 꽤나 출중한 감각을 가진 녀석이었다. 평범한 가정의 아들로 평범하게 자란 녀석은 약골 주제에 정의감도 넘치고 무척 바르게 자랐다. 중학교 때 같은 반이었던 우리는 같이 음악을 좋아한다는 것에 마음이 맞아 매일같이 어울려 다니곤 했는데, 가끔 녀석은 자기 집으로 초대해 자기가 컴퓨터와 마스터 키보드만으로 만든 미디 음악을 들려주며 항시 작곡가로서의 꿈을 이야기해 주었다.

그러다가 고2가 된 지금, 녀석은 본격적인 작곡가가 되기 위해 자신이 만든 곡을 현 시대 최고의 작곡가 중 하나이자 히트 제조기라 불리는 김형석 씨에게 포트폴리오를 보냈는데 이번에 좋은 답변이 왔다고 했다.

녀석은 자신의 꿈을 향해 한 발을 디디게 된 것이다.

"혹, 나중에 부탁하면 곡이나 하나 써줘. 싸게."

"흐흐, 적어도 곡당 이천만 원은 줘야 할 거다."

"뭐? 이 자식이 치사하게. 친구에게 그럼 안 돼지! 니가 잘되면 절반은 내 덕이라는 거 몰라?"

"몰라, 그런 거."

"배신자!"

우리는 그렇게 툭탁대며 이야기를 나눴다.

드르륵!

"야! 권유빈이라는 놈이 어떤 새끼야!"

그때 뒷문이 열리며 한 무리의 사람들이 나타났다. 명찰 색깔로 봐서는 2학년과 3학년이 골고루 섞인 듯했는데 그들의 정체는 반 애들이 친절하게 말해줬다.

"김거한 선배 아냐? 이 근방 일진 짱이면서 조폭들에게 스카우트 받았다는…….''

"정학도 여러 번 맞았다는데? 듣자 하니 대학 가는 건 완전 포기했나 봐. 학교에서도 손 놨다는데?''

"백이 상당하대. 에효. 유빈이 녀석, 이렇게 될 줄 알았다. 폭력도 좀 적당히 써야지. 쯧쯧.''

그렇게 말하며 반 남학생들이 내게 동정의 눈빛을 보냈다.

그러나 단 한 사람, 우형이만큼은 한숨을 내쉬며 말했다.

"빨리 끝내고 쫓아 보내라. 곧 수업 시작이니까.''

"알았어.''

"아, 교실에서 싸우지 마. 피 떨어지거나 물건 박살나면 내가 곤란하단 말이야. 복도에서든 어디서든 아무 피해 없는 곳에서. 알지?''

"아아, 나쁜 녀석. 친구가 위기에 처했는데 그런 태평한 소리나 하다니…….''

내 투덜거림에도 불구하고 우형이 녀석은 그저 씨익 웃기만 했다.

난 한숨을 내쉰 다음, 뾰족한 샤프 몇 자루를 양손에 꼬나 쥔 채 그대로 자리에서 일어섰다. 그리고 뒷짐을 져 그것을 숨긴 다음 녀석들에게 걸어갔다.

"뭐야? 네가 유빈이라는……."

푹!

"끄아아악!"

싸움에 앞서 아무런 대비도 않은 채 폼 잡는 것만큼 바보 같은 짓은 없다. 난 녀석의 말도 듣지 않은 채 그대로 허벅지에 샤프를 꽂아버렸다. 이 녀석이 그 대단하다는 김거한이라고 그랬지?

"왜 아침부터 찾아와서……."

푹!

"끄아아악!"

"시끄럽게구냐? 응?"

푹!

난 쥐고 있는 샤프들을 차례대로 녀석의 허벅지에 꽂아주었다. 피가 분수처럼 솟구쳐 나왔고, 그것은 내 교복과 얼굴을 적셨다. 녀석이 몸부림치며 무작위로 주먹을 휘둘렀지만 그런 대책 없는 공격에 얻어맞을 내가 아니었다. 그러나 녀석의 동료들은 달랐다.

퍽! 퍼퍽!

"악! 거, 거한아! 진정해! 진정!"

"제길! 왜 우릴 때리는 거야? 좀 진정하라고!"

"으아아악! 피, 피이이이! 으아악!"

아, 그놈, 더럽게 시끄럽네.

난 녀석을 조용히 시켜야 할 의무감 비슷한 것을 느꼈다. 주변을 두리번거리다가 때마침 한 여자 아이가 들고 있는 금속제 필통에 시선이 멈췄고, 히죽 웃으며 말했지.

"좀 빌려도 되지?"

"으, 응?"

"고마워."

대답도 듣지 않고 그대로 필통을 고쳐 잡은 다음, 모서리 부분으로 녀석의 머리를 힘껏 찍어버렸다.

쾨직!

"아악!"

"어라? 기절 안 하네? 그럼 한 번 더."

쾨직! 쾨직!

나는 녀석이 기절할 때까지 계속해서 필통으로 머리를 찍었고, 지랄발광 생쇼를 하던 녀석은 곧 축 늘어진 채 머리에서 피를 질질 흘리며 쓰러져 버렸다.

난 필통에 묻은 피를 말없이 바라보다가 미안하다는 표정으로 말했다.

"미안하다. 다 찌그러져 버렸다. 이거 얼마 정도 하니?"

"응? 아, 괜, 괜찮은데……."

"아냐. 내가 바꿔줄게. 얼마면 돼?"

내가 몇 번을 더 묻자 여자 애가 웃는 것도 아니고 우는 것도 아닌 미묘한 표정으로 말했다.

"치, 칠천팔백 원."

"그럼 대여료까지 포함해서 팔천 원으로 합의보자. OK?"

"으, 응."

"잠깐만."

난 지갑에서 돈을 꺼내 필통과 함께 건네주었다. 그리고는 다시 일진 녀석들을 보며 말했다.

"이제 곧 수업 시작이니 이놈 좀 데리고 가라."

"으윽! 주, 죽은 거 아냐?"

"에이, 사람 그렇게 쉽게 안 죽어. 빨리 데려가. 니들 때문에 반 친구들이 무서워서 공부를 못하고 있잖아. 빨리 가. 어서."

"이, 이 자식! 너, 후회할 거야!"

"위아래도 없는 나쁜 새끼. 두고 보자!"

녀석들을 그렇게 악당들의 대사를 외치며 퇴장하려 했다. 그러나 그걸 또 그대로 보낼 내가 아니다.

"네놈들, 잠깐."

난 나에게 욕설을 퍼부은 두 놈의 등덜미를 붙잡았다.
그러자 크게 놀란 녀석이 움찔하는 게 느껴졌다. 슬며시
고개를 돌리며 두려운 듯 묻는 두 졸개.

"가, 가라며?"

"응. 가긴 가야지. 근데 여기 떨어져 있는 피 좀 닦고
가라. 니네 대장 거잖아. 그치?"

"아……."

녀석은 황당하다는 표정으로 내가 가리킨 바닥을 봤
다. 마치 물감이라도 뿌린 것처럼 녀석이 흘린 피가 잔뜩
고여 있었다.

"깨끗이 닦아라. 안 그럼 우리 반장 화내니까. 알겠
냐?"

"내, 내가 왜 이걸……."

"…그래서, 싫다고?"

"아니, 그게 아니라 내가 왜 이걸……."

"그래서, 싫다고?"

"그, 그게……."

참 어리바리한 녀석이다. 보통 이 정도까지 하면 알아
서 기기 마련인데.

"피 좀 더 흘려야 되는 건가?"

난 고개를 까딱거린 뒤 꽉 주먹을 쥐었다. 그제야 상황

파악을 한 녀석이 누렇게 뜬 얼굴로 황급히 말했다.

"하, 할게! 내가 청소할게! 알았다고!"

"그치?"

난 바로 웃어주었고, 녀석의 어깨를 두드리며 마지막으로 당부했다.

"깨끗이 해야 한다. 핏자국이 조금이라도 남아 있으면 넌 죽는 거야. 알겠냐?"

"으, 응."

"그리고 옷 좀 벗어봐라."

"…응? 이, 이건 또 왜?"

녀석이 깜짝 놀라 자기 몸을 가리며 주춤거린다. 흡사 치한에게 강간당하기 직전의 여인네와 같은 모습이라 짜증이 팍 치솟았다. 난 퉁명스럽게 말을 던졌다.

"맞는다? 승자가 전리품이 하나쯤은 있어야 할 거 아냐. 안 그래?"

"으, 응?"

"아, 모르는 척하기는. 니네들도 전리품 많이 취하잖아. 애먼 애들 붙잡아 삥 뜯거나 뭐 그런 거. 일일이 다 말할까?"

내가 얼굴을 찌푸리며 말하자 비로소 녀석의 표정이 굳어졌다. 나는 이 기회에 확실히 해야겠다 싶어 말했다.

"듣자 하니 일진이라며 아직도 삥 뜯고 다니면서 괜히 분위기 험하게 만들고 막 그러는 거 같은데, 니네 대장이 누구냐?"

"대, 대장?"

"그래. 이놈이야? 거한이라는 3학년?"

"아냐. 거한이 형은 행동대장이고 진짜 대장은 오영환이라는 형이야."

"오영환이라?"

"실질적으로 영등포와 여의도, 강남 쪽을 지배하는 오비파의 제5행동대장이야."

"호오, 아직 어린데?"

"싸움에는 천부적이거든. 실질적으로 거한이 형을 조직에 스카우트해 끌어들이려 한 것도 영환이 형이었는데… 너 이제 큰일 났다."

"왜?"

"그 형 성질을 건드렸잖아. 영환이 형이 거한이 형을 얼마나 챙기는데. 너, 긴장하는 게 좋아."

분명 나 겁먹으라고 말하는 것 같은데 어째 표정이나 어투는 무척 수그러든 상태였다. 뭐, 내 폭력적인 모습을 눈앞에서 봤으니 그러는 거겠지. 그나저나 오비파라……. 강남, 여의도, 영등포면 전국구 수준의 영역인데 그곳을 지배하고 있다고? 한번 알아봐야겠는걸.

그렇게 생각하곤 녀석에게 말했다.

"조만간 그 영환이라는 사람 좀 만나자고 전해. 지금 학교에 있어?"

"아니. 연락하면 내일 나올 거야."

"그래? 그럼 그때 보자고 전해라. 빨리 청소해!"

난 그렇게 말한 뒤 자리로 돌아가 앉았다.

앉자마자 우형이의 잔소리 공격이 시작됐지만 생각에 잠기느라 미처 그것을 신경 쓰지 못했다. 결국 잔뜩 뿔이 난 우형이는 자리로 돌아가 버렸고, 곧 수업이 시작됐다.

"아함."

수업이 끝나자 기다렸다는 듯 수진이와 미란이가 찾아왔다. 둘은 나보고 기획사에 같이 가자며 졸랐지만 오늘은 해야 할 일이 있어 거절해야 했다.

"피곤하네."

내가 지금 가고 있는 곳은 강남역이었는데 거리가 얼마 되지도 않고 생각해야 할 것도 있고 해서 그냥 걷는 중이었다.

오비파에 KS엔터테인먼트.

갑자기 머리를 굴려야 하는 일이 생겨 짜증이 나긴 하

지만 미란이와 관계된 일이니 또 그냥 넘어갈 수가 없는 문제였다. 그것도 그렇지만 가장 중요한 것은 내 문제. 아무래도 이건 삼촌들에게 조언을 구해봐야 할 문제인 듯했다.

그래서 지금 만나러 가는 사람이 바로 수겸이 삼촌이었다.

"음, 이곳 어디라고 했는데?"

역사에 도착한 난 고개를 두리번거렸다. 태희 이모—라고 쓰고 누나라 부른다—가 마중을 나오기로 했기 때문이다. 잠시 그렇게 있으려니 곧 검정색의 최고급 세단이 내 앞에 멈춰 섰다. 곧 창문이 열리고 정숙하면서도 아름다운 미모를 지닌 여인이 얼굴을 보였는데, 바로 태희 이모였다.

그녀는 웃으며 말했다.

"유빈아, 오래 기다렸지? 빨리 타."

"응."

난 주저없이 앞문을 열고 안으로 들어갔다. 곧 길게 물결치는 이모의 머리에서 감미로운 향이 느껴졌고, 그 향만큼이나 예쁜 미소가 나를 반겼다.

"갈까? 반가운 손님들이 와 계셔. 널 기다리고 있어."

"반가운 손님?"

"가보면 알아. 후훗."

이모는 그렇게 날 어리둥절하게 만들며 회사로 이동하기 시작했다.

"오오! 조카!"

"야~ 이게 얼마 만이야? 이런 매정한 녀석 같으니!"

"어? 삼촌들!"

기획사에서 기다리고 있는 사람들은 다름 아닌 용운이 삼촌과 성진이 삼촌이었다. 아버지와 같이 프론티어 멤버였던, 지금은 한 사람만 세계 어디에 나타났다 하면 거리가 완전히 뒤집어진다고 하는 슈퍼스타. 내가 중학교에 들어간 후로 두 명 이상 보기 힘들었던 분들이 한자리에 모인 것이다.

"자식, 많이 컸는데? 잘 지냈어?"

"물론이죠. 그렇지 않아도 조만간 연락하려고 했는데 잘됐네요. 삼촌들도 잘 계셨죠?"

"물론이지! 흐음. 그나저나 녀석, 정말 남자다워졌는데? 혹시 아직도 여기저기 노다니며 싸움질하고 그러는 건 아니지?"

"에이, 제가 앤가요? 걱정 마세요. 예전처럼 험하게 놀지는 않으니까."

예전이래 봤자 초딩, 중딩 때지만 그때는 정말이지 험하게 놀았다. 내가 모습을 보이면 친구들이건 동생과 형들이건 모두 날 무서워했고, 결국 어울릴 사람이 없어 툭하면 대모님을 찾아가 조폭 형들이랑 놀곤 했던 기억이 난다.

물론 날 그렇게 만든 사람은 바로 용운이 삼촌이었다.

"네가 온다기에 내가 불렀다. 그나저나 넌 두 사람만 보이고 난 보이지도 않는가 보구나? 이거 섭섭한데."

"에이, 수겸이 삼촌은 종종 봤잖아요. 원래 오늘도 삼촌 만나서 자문 좀 구하려고 온 거예요. 설마 삐치신 건 아니죠?"

"삐쳐? 하하하! 녀석, 내가 애냐? 삐치기는 뭘 삐친다고 그러냐?"

"에이, 삐쳤구먼. 어쨌든 배고픈데 뭐 먹을 거 없어요? 일단 먹으며 이야기 좀 하고 싶어서요."

"흠. 그래? 자장면이라도 시켜줄까?"

"그렇게까지 배고픈 건 아니에요. 그리고 이야기 끝나면 나중에 삼촌들이 좋은 곳에서 칼질 시켜줄 텐데 지금 배 채울 필요는 없겠죠."

"하하, 그렇구나. 그럼 간단하게 차가운 복숭아 티랑 쿠키를 내주마."

"네. 그 정도면 좋죠."

그렇게 가벼운 대화를 나누며 우리는 오랜만에 만난 것에 대해 회포를 풀었다. 근황을 물어보니 성진이 삼촌은 요새 미국에서 한 대형 신인의 취입을 도와주고 있다고 했다. 성진이 삼촌은 요새 프로듀서로서 세계에 이름을 날리고 있었는데, 동시에 유럽이나 아시아 등지 등의 유명한 대학을 다니며 문화 예술 부분 전역에 대한 교수로도 활발히 활동하고 있다고 한다.

용운이 삼촌은 여전히 암흑가의 보스로서 요즘은 일본의 야쿠자, 중국의 삼합회와 사업 하나를 놓고 신경전을 벌이느라 정신이 없다고 한다. 그러다가 최근 알 수 없는 거대 단체가 나타나 시장을 장악하려는 움직임을 보인다고 해서 신경이 곤두선 상태라고 한다. 음, 알 수 없는 단체라……. 혹, 그 노인네를 잡으려는 사람들과 연관이 있는 건 아니겠지? 오비파에 우리 동네 사람들에……. 이거 뭔 신흥 단체들이 이렇게 많이 생겨나는 거야?

"바쁘게들 사셨네요. 그래서 전화를 해도 통화가 안 된 거였군요?"

"하하하! 한국에 있을 틈이 별로 없다 보니 그렇게 됐다. 듣자 하니 상찬이와 수한이도 각각 병원 일이랑 자기

일 때문에 많이 바쁜 것 같던데 둘 다 지금은 미국에 있나 보더라."

"그래요? 역시 가장 편한 사람은 우리 아버지밖에 없군 요. 제길. 뭐 하느라 그렇게 쏘다니는지… 혹 소식 아는 거 있어요?"

내 말에 삼촌들이 무거운 표정을 지었다.

언제나 이랬다.

내가 슬며시 아버지 이야기를 꺼내면 항시 입을 다물 며 대답을 회피하곤 했다. 분명 뭔가 아는 게 있는 것 같 은데 도대체 내게 말을 해주지 않으니…….

"그렇잖아도 오늘은 그 문제로 널 찾아왔다. 이미 상 찬, 수겸 형님들과는 이야기가 끝났고 네 친삼촌인 지훈 이 녀석에게도 동의를 구한 상태다."

성진이 삼촌은 그렇게 말한 뒤 진지한 표정으로 잠시 뜸을 들였다. 순간 나는 가슴이 세차게 뛰는 것을 느꼈 다.

이거다!

내가 듣고 싶어하던 아버지의 소재!

곧 내 기대를 배반하지 않고 성진이 삼촌이 말했다.

"바로 네 아버지, 수호에 대한 이야기다."

"……!"

역시!

나는 눈에 불을 켰다.

사실 아버지를 그렇게 원망했어도 왜 그러고 있는지 너무도 궁금하던 나다. 개인적으로도 궁금했지만 어머니 때문에라도 너무도 알고 싶었다.

대체 무슨 일이 있어서 가족을 그렇게 버려야 했는지, 더욱이 어린 시절 그렇게까지 할아버지의 방랑벽을 싫어하던 아버지였는데 왜 같은 길을 걷고 있는지 너무도 궁금했다.

"사실대로 말해서 수호가 왜 그렇게 사라졌는지 우리도 정확한 사정은 모른단다. 하지만 분명 알 수 있는 게 하나는 있단다. 바로 어떤 거대한 집단의 횡포에 조금이라도 저항하기 위함이었다는 것. 그리고… 알 수 없는 무언가를 수호가 짊어지고 있다는 것."

"거대한 집단?"

또 집단이란 말인가?

이놈의 집단, 왜 이렇게 내 주변에서 윙윙대는 건지 모르겠다.

"최근 그 집단이 드디어 우리나라에도 직접적으로 손을 뻗치기 시작했다는 소리를 들었단다. 여러 방면에서 장악을 시도하고 있더구나. 용운이가 말한 집단 역시 그

부류의 일환이란다."

"아, 근데 왜 지금 시기에 갑작스럽게 이런 말을 해주는 거죠? 그럴 거였으면 작년에 말해줬어도 좋지 않았나요?"

"……."

내가 궁금한 건 바로 이것이었다.

왜 갑자기 나에게 이런 걸 가르쳐 주느냐.

숨기려고 했다면 차라리 내가 고등학교를 졸업해 제대로 된 사회인이 될 수 있을 때까지 숨기는 게 좋지 않겠는가 말이다. 한데 성진이 삼촌의 말은 상상도 못한 것이었다.

"얼마 전에 네 앞으로 편지가 하나 왔더구나."

"…설마?"

"그래, 수호가 보낸 편지다. 정확히 1주일 전에 온 편지였다."

그렇게 말하며 삼촌은 품에서 여러 장의 편지지를 꺼내 내게 주었다. 나는 떨리는 손으로 받아 들곤 그것을 읽기 시작했다.

아들에게.
잘 지내는지 모르겠구나.

죄 많은 아버지… 너에게 참 못할 짓을 하는 것 같아 미안하다. 네 어머니에게도, 그리고 선우와 현정이에게도.

모두 잘 지내고 있지?

그렇게 시작한 편지는 그야말로 쓸데없는 안부 인사만 가득 적혀 있었다. 그래도 아버지가 내게 처음으로 보낸 편지다. 두근거리는 마음으로 계속 편지를 읽었고, 마침내 한 장을 넘겼다. 진짜 내용은 거기서부터였다.

네가 어떤 마음으로 나를 생각할지 너무나 잘 알고 있다.

진작 편지를 보내려 했지만 나 역시 이런 짬을 낸 지 얼마 되지 않은 터라 겨우 연락을 하게 됐구나. 그들이 워낙 삼엄하게 감시를 하고 있는 터라… 사실 이렇게까지 자리를 잡게 된 것도 무척 힘들었단다. 그 과정에 나를 도와주던 많은 이들이 희생당해야 했지. 후우, 난 그저 음악만 하고 싶었는데… 그래서 사랑하는 가족들과 화목하게 지내고 싶었는데 왜 일이 이렇게 됐는지 모르겠다.

대체 무슨 일이 있는 것일까?

삼엄한 감시는 뭐고, 또 많은 이들이 희생당했다는 것은 무엇을 의미하는 것일까?

읽을수록 의문은 더욱 쌓여만 갔다.

너도 내 자식이라면 아마 음악의 길을 걷게 되겠지.

선우와 현정이는, 정확히 말하면 너와는 배가 다른 아이들이니 아마 너와는 성격과 가치관, 그리고 기질도 모두 다를 테고 말이다. 아, 이건 비밀이었나? 하핫.

뭐, 말 나온 김에 오해할까봐 말하는 건데, 배가 다르다는 건 나나 네 엄마가 따로 누군가의 아이를 낳았다는 이야기가 아니다. 말 그대로 그 아이들은 사실 우리들의 피를 타고 난 아이들이 아닌 남의 아이라는 거야. 이해했지?

"…뭐? 나랑 배가 다르다고? 친형제가 아니라는 거야?"

전혀 들어본 적이 없는 엄청난 사실.

난 너무 놀란 탓에 나도 모르게 입 밖으로 내뱉고 말았다.

아무렇지도 않은 듯 이야기했지만 분명히 아버지는 말하고 있었다.

나와 그 아이들은 진짜 가족이 아니라고…….

난 떨림이 점점 강해지는 손으로 힘겹게 편지지를 붙잡았다. 힘이 좀 세게 들어갔는지 편지지는 조금씩 구겨지기 시작했지만 난 그것조차 인지하지 못했다.

충격적인 내용은 계속 이어졌다.

그 아이들은 정확히 너와 어머니가 다르단다.

아마 넌 이 사실을 몰랐을 거다. 왜냐면 네 어머니… 현주의 성격상 내가 직접 네 앞에 나타나 사실을 밝힐 때까지 입을 다물고 있을 테니까. 하지만 난 요즘 내 목숨의 위기를 느끼고 있단다. 예전에도 그랬지만 함께 웃던 사람들이 죽어가는 것을 보며 점점 그것이 절실하게 다가오기 시작했지.

그래서 큰 위기를 무릅쓰고 이렇게 네게 편지를 쓰게 된 거란다.

아마 내게 궁금한 게 많겠지?

내게 원망도 클 것이고.

하지만 난 안다.

내 기질을 가장 완벽하게 이어받은 사람이 너라는 것을.

비록 고등학교 2학년생이지만, 넌 이미 누구보다도 훌륭한 어른이라는 것을.

가끔 몰래 한국에 왔을 때마다 네가 생활하는 모습을 몇 번 멀리서 지켜보곤 했지만 그것만으로도 난 분명히 알 수 있었단다.

아버지가 날 지켜보고 있었다고?

난 너무나 놀라 마음속에 크고 무거운 무언가가 쿵 하고 떨어지는 것을 느꼈다.

비록 글이었지만 날 생각하는 아버지의 마음이 너무도 절실히 느껴졌다.

솔직히 말해 프론티어 멤버들의 도움을 얻고 싶긴 하지만 차마 그럴 수 없어 내 행보를 숨겼단다. 일부러 연락도 하지 않았지. 아마 나에 대해 알고 있는 게 별로 없을 거야. 하지만 나에 대해 그나마도 많이 알고 있는 사람이 단 한 명 있단다.

내가 이 편지를 쓴 또 다른 이유 중의 하나도 바로 그것을 알려주기 위함이지.

유빈아, 지금부터 잘 듣거라.

정확한 사항은 차후 네가 묵는 곳에 도착할 그 아이가 알려줄 거야.

조만간 네가 묵는 여관에 이상한 노인이 나타날 텐데 따뜻하게 거둬주거라. 그는 불쌍한 사람이란다. 아마 네가 하고자 하는 일에 많은 도움을 줄 거야. 성격이 조금 까탈스런 노인네니 고생은 좀 하겠지만 그래도 얻을 건 많을 거다. 하하하.

기가 막히는구면.

나는 어이가 없어 살며시 한숨을 내쉬었다.

그나저나 노인이라……. 역시 아버지와 잘 알던 사이였군. 아버지 일을 도와준다는 사람 중의 한 명인 것 같은데, 흠, 날 보호하기 위해 아버지가 보낸 건가?

난 그렇게 생각하며 그 아이라는 게 누구일지에 대한 고민은 잠시 접어뒀다. 어차피 곧 찾아올 거라 했으니 지금 고민할 문제는 아니라 판단했기 때문이다.

이제 편지는 마지막 부분만을 남겨두고 있었다.

아마 네가 아주 어렸을 적에 몇 번 만나보고 이후로 못 본 아이라 성격이 좀 별나도 알아서 감당하기를 바란다. 물론 너 역시 주위에 적잖은 여자들을 데리고 다니는 것 같지만 그거야 양반이지. 이 아버지는 적어도 다섯 정도의 미녀들은 어렵지 않게 감당할 수 있는 능력을 가지고 있었단다. 내 아들이라면 삼처, 사첩은 기본이지! 아들, 또 한 번 당부하지만 그 아이, 잘 보살펴 주거라.

내 생각인데 아마 너와는 꽤 어울릴 것 같으니 무슨 말과 행동을 하건 절대 놀라지 말고. 알았지? 하하.

왠지 너와는 많은 시간이 지나지 않아 대면하게 될 것 같다는 생각이 드는구나.

마지막으로 네 어머니께는 안부를 전해주렴.

그녀에게는 항상 미안하단다. 자기와는 별로 상관없는 두 아아를 키우면서 얼마나 마음고생이 심했을지… 친자식이라고 있는 놈은 보나마나 어머니는 신경도 쓰지 않고 있을 텐데, 쯧쯧. 이 녀석아, 살아 계실 때 효도해야 한다! 더불어 성진이 앞으로 네게 용돈을 좀 보낼 테니 알아서 유용하게 사용하도록 하고. 알았지?

시간 있으면 다음에 또 편지 하도록 하마.

아, 그리고 조만간 먼 곳으로 이사 가는 게 좋을 거다.

이것에 대해서도 자세한 이야기는 그 아이가 도착하는 대로 해줄 터이니 걱정하지 말고.

꼭 다시 만나자.

남자답게 웃으면서. 알겠지?

좀 간지럽긴 하지만… 완전 사랑한다, 아들!

두 아이에게도 사랑한다고 꼭 전해주렴!

그럼 이만!

쌀쌀한 타지에서, 멋있고 잘난 최강의 뮤지션인 아버지가.

편지가 끝나자 난 말없이 접어 품에 넣었다.

주위를 보니 삼촌들이 걱정이 가득한 기색으로 날 바라보는 게 느껴져서 난 웃으며 말했다.

"전 괜찮으니 그렇게 동정 어린 시선으로 볼 필요 없어요. 후우. 내 진로 상담하러 왔다가 이게 뭔지… 쯧. 삼촌들도 이 편지 읽어봤죠?"

"당연하지. 아, 그리고 이 통장이랑 인감도 받아라. 비번은 내가 나중에 따로 알려주도록 하마."

성진이 삼촌은 품에서 통장과 현금카드, 그리고 인감 하나를 건네주었다.

그러나 난 고개를 저으며 말했다.

"됐어요. 전 지금의 기본 생활비로도 충분하니까요. 그건 그냥 삼촌이나 수겸이 삼촌이 보관해 주세요."

"아니다. 네가 아버지에게서 받을 첫 용돈일 텐데 받아두는 게 좋겠다. 그리고 우리가 아는 넌 이 돈을 헛되게 막 쓸 녀석도 아니고… 이 기회에 돈 관리를 시작해 보는 것도 좋을 듯싶구나."

"흠. 꽤 많나 봐요?"

"뭐, 고딩에게 주는 용돈치고는 좀 크지. 어쨌든 받아라, 이 녀석아."

성진이 삼촌의 계속되는 권유에 난 어쩔 수 없이 통장을 받고 말았다. 그래도 금액은 궁금했던 터라 난 바로 통장을 폈고, 곧 상상치도 못한 액수에 할 말을 잃고 말았다.

그런 내게 용운이 삼촌이 장난스럽게 웃으며 말했다.

"좀 많지?"

"이건 관리하고 뭐고 할 문제를 떠난 것 같은데? 그 자식, 아무리 생각해도 너무 터무니없는 녀석이라니까. 아들에게 저렇게 많은 돈을 줘버리면 어쩌자는 거야?"

"뭐… 돈이라면 썩어 넘치는 녀석이니까. 그리고 자식들에게 용돈이라고는 한 번도 줘보지 못했을 테니 나름 안타까운 게 많았겠지. 더구나 녀석, 제 어린 시절도 있고 하니 유빈이가 돈에 쪼들려 사는 꼴 그대로 두고 보지 못했을 가능성도 크잖아?"

"하긴, 그렇게 힘들게 살았으니……."

삼촌들의 대화가 이어졌지만 난 그때까지도 정신을 차릴 수가 없었다.

돈이, 통장의 액수가…….

"미친. 이게 아들에게 줄 돈이야? 백억이라니? 지금 장난하는 것도 아니고!"

어이가 없었다.

백억.

통장에 든 액수는 바로 백억이었다.

아버지라는 작자는 이런 어마어마한 금액을 용돈이랍시고 소포로 붙여준 것이다.

와, 이거 정말 환장하겠네.

"뭐, 그건 그 정도로 하고, 날 찾아온 이유가 있겠지? 그건 대체 언제 들려주려고 그러니? 삼촌 궁금해 돌아가실 지경이다."

"아, 맞다. 아이 씨! 삼촌들이 이상한 걸 가져오는 바람에 까맣게 잊고 있었잖아요! 이게 다 삼촌들 때문이에요!"

"우리가 뭘 어쨌다고 그러는 거냐?"

"이건 좋은 소식을 전해줘도 툴툴대네? 하여간 지 아비하고 싱크로가 너무 잘된단 말이지? 아들 아니랄까 봐 정말. 쯧쯧."

삼촌들을 그렇게 혀를 차며 나를 타박했다. 그러나 난 특유의 뻔뻔함으로 수겸이 삼촌에게 말했다.

"존경하는 수겸이 삼촌, 그리고 예상치 못하게 이 자리에 착석하게 된 두 분 삼촌. 지금부터 제 이야기를 듣고 제가 어떻게 해야 하는지 금과옥조와 같은 충고를 해주시기 바랍니다. 잘 아시겠지요?"

"후훗. 또 무슨 이야기를 하려고 이러시나? 어서 이야기해 봐. 아주 쓴소리를 제대로 해줄 테니!"

"바라는 바죠. 그럼 지금부터 길고도 복잡한 이야기를 시작하겠습니다. 험험~!"

난 장난스럽게 말하고는 민아의 죽음과 발견한 일기장 내용부터 쭉 이야기하기 시작했다. 곧 처음의 장난스런 분위기는 온데간데없이 사라져 버렸고, 삼촌들 역시 시간이 갈수록 진지한 표정으로 아무 말 없이 내 말을 경청했다.

그렇게 이야기는 길게 이어졌고, 분위기는 점점 무거워져만 갔다.

"이렇게 된 거예요."

"으음."

마침내 이야기가 끝나자 삼촌들이 진지하게 생각하는 듯한 모습을 보였다. 난 앞에 놓인 복숭아 티를 마시며 목을 축였고, 슬쩍 삼촌들의 눈치를 보며 마음을 졸였다.

제일 먼저 입을 연 사람은 수겸이 삼촌이었다.

"먼저 내 입장에서 말하자면, 그것도 나쁘지 않다고 생각한다. 무언가에 대해 강한 동기가 있다면 어떤 힘든 일이 닥친다 해도 당당히 이겨낼 수 있을 테니까. 하지만 가수로서는 아니라고 생각한단다. 가수가 아무리 커봐야 결국 시스템의 한계를 벗어날 수 없을 테니까."

"시스템의 한계요?"

"그래. 예로부터 시스템의 한계를 벗어날 수 있는 가수는 거의 없다 해도 좋을 지경이었지. 가수가 아무리 인기를 얻고 명예를 얻게 되어봐야 결국 언론과 기획사들, 쉽게 말해 이 바닥의 기득권을 쥔 이들이 마음만 먹는다면 언제든지 매장당할 수 있는 게 현주소란다. 그것을 벗어날 수 있는 이들은 세계에서도 정말 얼마 되지 않지. 예를 들면……."

"아버지나 삼촌들이요?"

"그렇단다. 하지만 그건 엄밀히 말해 네 아버지의 힘이었지. 뭐, 네가 어떤 생각으로 가수를 하겠다고 했는지는 대략 짐작하겠다만… 적어도 내가 보기에 너는 가수로서 네 아비와 같은 재능은 없는 듯하구나."

"제가… 재능이 없다고요?"

"그래, 재능. 노력이나 압도적인 물량 공세, 시대의 코드, 그 모든 것을 집어삼킬 수 있을 천부적인 재능! 네 아버지에게는 그것이 있었다. 그야말로 네 아버지는 인생 자체가 노래를 하기 위해 태어난 존재라고까지 생각될 정도였지. 하지만 넌 아니구나. 수한이나 성진이가 가수보다도 프로듀서로서 더 명성을 높일 수 있었던 것처럼 수호 역시 끝까지 노래하는 가수로서 자신의 길을 관철했지. 사람에게는 맞는 게 있는 거야. 사람들은 노력하면 못할 게 없다고 하지만… 엄밀히 말해 한계는 분명히 존재한단다. 노력으로는 도저히 오를 수 없는 벽이 있지. 모든 가수들에게, 그리고 우리에게마저도. 네 아버지 수호는 바로 그런 존재였단다."

"아버지가……."

"큰 벽. 너는 아직 그걸 느껴본 적이 없겠지. 하지만 장담할 수 있는 건 너에게는 그런 재능이 없다는 것이다. 난 어려서부터 너를 봐왔고 여러 관점에서 생각해 봤지만… 네 목표를 이룰 수 있을 정도로 너에게는 그런 재능이 없다."

"하지만 그건 모르는……."

"일이라고? 해보기 전에는 모른다고? 하지만 난 수호를 처음 보는 순간 느꼈어. 녀석에게는 그럴 가능성과 재능이 있다고. 적어도 내가 늙어 치매에 걸리지 않는 이상 난 한 세기를 뒤집을 수 있는 가수로서의 재능을 발견하지 못한다고 생각하지는 않는다. 그런 시점에서 넌 아냐. 만약 너에게 그런 재능이 있었다면……."

잠시 망설이던 수겸이 삼촌이 못 박듯 말했다.

"진작 네게 가수 권유를 했겠지."

"……."

"그런 의미로 넌 아니다. 넌 수호를 많이 닮았지만…

재능만큼은 닮지 않았다."

삼촌은 그렇게 말하며 알 수 없는 미소를 지었다.

난 용운이 삼촌을 바라봤고, 곧 삼촌 역시 고개를 끄덕이며 말했다.

"나 역시 그렇게 생각한다. 넌 차라리 조폭이 더 어울리는 놈이야. 대모님도 그렇게 말했고. 어떠냐? 이 기회에 그냥 날 따라서……."

"삼촌!"

"쩝. 그냥 해본 소리다."

말은 저래도 진짜 그렇게 생각해서 한 말임에 분명했다.

하긴, 내가 내 스스로를 돌아봐도 그렇긴 하다. 난 주먹 쓰는 암흑가의 일이 어울리는 성격인 것 같으니까.

"그럼 성진이 삼촌은요?"

"음, 미안하지만 내 생각도 다르지 않다. 너에게는 가수로서의 재능이 없어. 한데 꼭 그 복수의 수단이 음악이어야 하는지 묻고 싶구나."

"네. 그리고……."

나는 잠시 망설였다.

아버지가 보내온 편지.

난 분명 아버지를 원망했지만 동시에 아버지를 너무도

그리워하고 있었다.

내가 툭하면 아버지를 거론하며 욕했던 것. 그래, 그건 내 스스로 생각해도 엄연히 투정이었다.

한데 예상치 못한 상황에서 아버지가 편지를 보내주었고, 피치 못할 위험한 사정이 있다 말하며 나를 인정해 주었다. 현정이도 누구도 아닌 바로 나를 말이다.

가장 중요한 것은 아버지가 나를 잘 알고 있는 듯하다는 점이었다.

멀리서 날 지켜봤다고 했고, 그것을 글로써 증명해 주었다.

피치 못할 사정!

난 바로 그것이 무엇인지 알고 싶었다.

"아버지가 보고 싶은 게냐?"

"그것도 그렇지만……."

난 잠시 망설였다. 아무리 삼촌들이라지만 이런 말을 하기는 너무 부끄러웠기 때문이다. 내 마음을 짐작한다는 듯 수겸이 삼촌이 깍지를 끼고 소파에 몸을 편히 뉘며 말했다.

"아버지의 등을 쫓아가고 싶은 거구나?"

"…솔직히 말하면 그래요. 사실 저도 어느 정도는 가수의 재능이 있다고 생각했었거든요."

"녀석, 진작 알고 있었다. 네가 말로는 아버지를 어쩌니 저쩌니 해도 무척 존경하고 그리워했다는 것을. 네 아버지 수호도 그랬지. 어머니를 죽게 내버려 두고 어린 형제를 두고 떠난 아버지를 무척 원망했으면서도 결국은 모든 부와 명예를 내려놓고 뒤를 쫓으려 했었어. 너도… 후우. 그래, 알게 될 거다. 아버지가 걸어온 길이 어떤 길이었는지… 그리고 어떤 마음이었는지."

"…그런데 자질이 부족하다 이거죠?"

"정확히 말해 네 말대로 언론과 국가를 들었다 놨다 할 수 있을 정도의 톱스타는 불가능하다는 뜻이야. 뭐, 모르지. 내 눈이 살짝 빗나가서 내 판단을 뒤집어 버릴 수도. 적어도 네 아버지는 그랬거든."

"뭐가요?"

"내 생각보다도 더 크게… 더 높게 올라서 버렸어. 너도 그럴지도 몰라. 분명한 건 네 의지겠지만. 어쨌거나 우리의 조언은 여기까지다. 넌 보나마나 우리에게 더 이상의 도움은 바라지 않을 테니… 나머지는 알아서 잘 하겠지?"

"물론이죠. 후우, 더 생각해 봐야겠네요."

이곳에 와서 머리가 더 복잡해져 버린 느낌이었다. 삼촌들은 내 마음을 안다는 듯 고개를 끄덕였다.

그렇게 한참을 더 이야기하던 우리는 함께 일어서서 조용한 곳으로 식사를 하러 갔고, 그날 나는 저녁이 돼서야 집에 돌아올 수 있었다.

Lesson 2 새로운 제안

MUSIC ON

1

"음?"

고시원에 돌아온 나는 황급히 내 방으로 달려가 문을 열었다. 그러나 내부에는 아무도 없었고, 나는 왠지 허무한 생각에 불을 켜며 방바닥에 누워버렸다.

"또 어디로 나간 건가?"

이제 그 노인이 없으면 허무하기까지 했다.

그렇게 멍하니 있던 나는 문득 아버지에게 받은 통장이 생각나 품에서 꺼내 펼쳐 보았다.

"공 하나, 공 두 개… 와, 정말 백억이네."

백억.

일반인이라면 평생을 써도 놀고먹을 수 있는 금액.

하다못해 은행에 예금만 해놔도 나오는 이자로 펑펑 쓰며 살 수 있는 거금이기도 했다.

용돈이라 했으니 아마 아버지는 이보다도 더 많은 돈을 가지고 있을 터이다.

사실 돈이라면 할아버지에게 조른다면 남부럽지 않게 사용할 수 있다. 엄밀히 말해 나는 세상 사람들이 그렇게 부러워하면서도 욕하는 재벌 2세, 아니, 3세였기 때문이다. 즉, 마음만 먹으면 우리나라의 누구보다도 호화찬란하게 귀족 생활을 즐길 수도 있다는 것이다.

하지만 난 그 모든 것을 다 포기하고 이곳에 있다.

이유는 바로 내 스스로 무언가를 이뤄보기 위함이었다.

한데 이런 식으로 거금을 받게 될 줄이야…….

뚜르르.

그때 경쾌한 벨소리가 들렸다. 난 그대로 마의 안주머니에서 은색 폴더를 꺼내 번호를 확인했다. 미란이었다.

"이 저녁에 웬일이야? 어디……."

딸깍.

"여보세요?"

—오빠야? 오빠 지금 어디야?

"어디긴, 막 집에 도착했지. 왜?"

—그래? 그럼 잘됐다. 우리 지금 막 연습 끝나고 식사하려던 참인데 오빠 나와라. 같이 밥 먹자.

"에? 나 먹었어. 괜찮으니 너희들끼리 먹어."

—에이! 안 된단 말이야. 오빠, 오빠가 있어야 해.

"왜? 무슨 일 있어?"

—음. 사실 아주 중요하게… 할 말이 있거든. 그러니까 오빠 꼭 와야 해.

"귀찮게. 어딘데?"

—여기 지금……

한참 대화를 나눈 난 말없이 폴더를 끊곤 푹 한숨을 내쉬었다.

제길. 그렇잖아도 생각할 게 많아 복잡한데. 에이!

더 누워 있다가는 그대로 잠들 것만 같아 힘겹게 자리에서 일어섰다. 그리고 간단하게 흰 남방과 청바지로 갈아입은 뒤 또다시 집을 나섰다.

그러나 문을 나서는 순간, 나는 생각지도 못했던 사람들과 마주치게 되었다.

"네놈들……"

그는 다름 아닌 미란이의 첫 보컬 트레이너가 될 뻔했던 김명국이라는 남자였다. 더불어 그 주위에는 힘깨나 쓰게 생긴 성인 남자들이 여럿 있었는데…….

"흐흐! 기다리고 있었지. 이 쥐새끼 같은 놈! 넌 이제 죽었어!"

그는 핏발 선 눈으로 흰 이를 드러내며 웃고 있었다.

그러나 그와 반대로 그가 데리고 온 남자들은 나를 둘러싸더니 내 몸 이곳저곳을 쿡쿡 쑤시며 한숨을 내쉬었다.

"에효! 이런 놈에게나 쳐 맞고 다니니… 그러니 니가 꼴통 소릴 듣는 거지, 병신아."

"고딩이라……. 하하! 환장하겠네. 내 살다 살다 이런 일을 다 겪고…….."

그렇게 말하는 그들은 무척 어처구니없어 했다.

하긴, 나도 그럴 지경인데 저들이야 오죽할까?

난 그 심정을 담아 그대로 말했다.

"저도 만만치 않아요. 어른이라는 사람이 어린 고딩에게 맞고 징징대며 조폭 아저씨들에게 이르러 다니니… 저도 정말 기가 막힌다고요."

"허! 야, 이 자식 참 재미있는 놈일세?"

"뭐, 얘 말이 맞잖아? 명국이 이 자식이 멍청한 놈이지.

아, 정말 이놈이 우리 조 자금줄만 아니었어도… 쯧."

"미안하다. 이 못난 놈이 명색이 우리 조 용돈 주는 녀석이라 징징대며 찾아오는데 모른 척을 할 수가 없다. 조용히 따라와라. 몇 군데만 분지르고 끝낼 테니까."

그들은 그렇게 말하며 툭툭 내 뒤통수를 쳤다.

난 겉으로 태연한 모습을 했지만 속으로는 짜증이 무럭무럭 샘솟고 있었다.

제아무리 나라도 이렇게 많은, 그것도 프로로 보이는 이들을 혼자 당해낼 수는 없었기 때문이다.

'이 악물어야겠구먼.'

녀석들은 나를 보며 동정의 눈빛을 보내고 있었다.

내 이야기를 전해 듣고 나에 대해 적잖은 호감을 품고 있는 듯했지만 공은 공, 사는 사다. 그걸 가장 잘 실천하는 이들이 바로 어둠의 세계에 있는 이들이라는 것을 난 잘 알고 있다.

"죄송한데 약속이 있거든요. 걸을 수 있게… 다리는 남겨주세요."

"허, 이놈 봐라?"

"재미있는 녀석일세?"

"왠지 이 바닥에 대해 좀 아는 녀석 같지 않아? 좋지. 그래도 나, 이 녀석이 꽤 마음에 들었는데. 적당히 하고 끝내자고."

그들은 내 귀에 그렇게 속삭인 뒤 어깨를 툭툭 두드렸다. 시시덕거리면서도 결코 가벼워 보이지 않는 모습들이 아무래도 어중간한 조폭은 아닌 듯했다.

앞서 가던 찌질이 트레이너 자식이 인적 없는 공터에 멈춰 선 뒤 말했다.

"형님, 이곳에서 하죠!"

"그래, 그래. 넌 잠시 물러서 있어."

그중 한 명이 나와 검은 정장 상의를 벗고는 내 앞에 섰다. 찌질이 자식은 팔목 단추를 풀러 와이셔츠를 걷어붙이고 있는 조폭에게 말했다.

"형님, 마지막은 저에게도 기회를 주셔야 합니다. 저 자식, 일어서지도 못하게 밟아버려요."

"알았다니까. 쯧. 보채기는."

그는 그렇게 투덜대곤 내 귓가에 조용히 속삭였다.

"피차 힘 빼지 말자고. 네 말대로 얼굴이랑 다리는 안 건드려 줄 텡께 알아서 액션 해라. 알겠냐?"

난 살짝 고개를 끄덕이는 그 순간,

퍼억!

"끅!"

엄청난 충격이 복부에 전해졌다. 등을 굽혀 고통스러

워하고 있는 내게 그가 또다시 말했다.

"적당히 맞고 쓰러져라!"

퍽!

또 날아오는 주먹.

난 등을 최대한 굽혔고, 팔을 들어 머리를 감싸 거북이 같은 형태로 만들었다. 그것을 시작으로 소나기와 같은 구타가 쏟아졌고, 난 이를 악물며 그것을 버텼다. 한참을 가격하던 조폭은 혀를 차며 안타깝다는 듯 말했다.

"허, 그놈 참 강단있는 놈일세? 적당히 쓰러지라니까."

"으으윽!"

이건 내 최후의 자존심이라고 해도 좋았다.

난 이를 악물며 그것을 버텼고, 그 와중에 점점 정신이 혼미해져만 갔다.

털썩.

결국 버티지 못한 나는 맥없이 바닥에 무릎을 꿇고 말았다. 그러자 기다렸다는 듯 찌질이 녀석이 다가와 호들갑을 떨었다.

"형님! 형님! 나머지는 제가 할게요! 네? 저에게 맡겨주세요!"

"쯧. 알아서 해라."

"헤! 고맙습니다!"

희희낙락한 그는 내 머리채를 움켜쥐고는 고개를 치켜들었다. 제길. 녀석에게까지 이런 치욕을 당해야 하나?

"헤헤. 병신아, 어떠냐? 아프지? 죽을 것 같지? 미칠 것 같이 고통스럽지? 응?"

"……."

난 아무 대답도 하지 않았다.

사실 못했다고 하는 편이 옳을 것이다.

"미친 새끼, 여력도 없나 보네. 그냥 좀 맞자."

녀석 역시 대화가 될 상태가 아니라는 것을 깨달았는지 짓궂은 어린아이의 표정으로 내 얼굴을 가격하기 시작했다. 코가 시큰했고, 무엇보다도 날 보며 히죽대는 그 상판대기 때문에 너무도 열이 받았지만 사실 이 정도도 조폭들이 엄청나게 봐준 것이라는 걸 잘 알고 있었다. 지금 화를 내고 날뛰게 되면 지금까지 참은 게 모두 도루아미타불이 되어버린다.

적어도 약속 시간에 무리없이 나가려면 참아야 했다.

"날뛰어봐! 그때처럼 지껄여 보라고, 이 새꺄!"

퍽! 퍽퍽!

온몸에 쏟아지는 무게감.

난 최대한 몸을 웅크려 중요한 부위들을 방어하고자 했다.

참자.

조그만 더 참자.

좀만 더 참으면…….

"헉! 헉! 독한 새끼! 이 정도면 정신 차렸겠지?"

결국 제풀에 지쳐 버린 녀석이 먼저 구타를 멈추고야 말았다.

그리고는 그제야 개운하다는 듯 말했다.

"앞으로 내 눈에 보이지 마라. 복수할 생각도 하지 마. 이 형님들이 누군지 알아? 큭큭! 바로 강남을 지배하는 오비……!"

"마! 다 했으면 닥치고 비켜!"

강남을 지배해?

오비 뭐라고?

어디선가 들어본 것 같은데 정신이 띵해 무슨 말인지 모르겠다. 곧 날 때린 조폭이 쓰러져 있는 내게 다가와 조용히 말했다.

"네놈, 아주 마음에 든다. 혹 나중에 생각 있으면 날 찾아와라. 이건 내 명함이다."

그는 품에서 검은색의 심플한 명함 하나를 꺼내 내 품에 넣어주었다.

그리고 자리에서 일어서 말했다.

"자, 가자."

그들은 그렇게 공터를 떠났고, 난 한참이 지난 후에야 겨우 일어설 수 있었다.

"…오빠, 싸웠어?"

"얼굴이 왜 그래? 누구에게 맞은 거야?"

"쩝. 그런 일이 있었어."

다행히 약속 장소가 스테이크 전문점이었기에 망정이지 그렇지 않았으면 시끄러운 일이 일어날 뻔했다. 난 아무렇지도 않게 자리에 앉으며 두 아이에게 말했다.

"너희들, 뭐 먹을래? 오늘은 내가 쏘마."

"와~ 진짜? 오빠에게 이런 면모가… 아니고! 왜 다쳤냐니까?"

"설마 오빠……?"

흠, 넘어가지 않는군.

눈치 빠른 수진이가 뭔가를 짐작했다는 듯 무언가를 말하려 했다. 그러나 난 진중한 표정으로 고개를 저었고, 그녀는 입을 닫았다. 미란이 역시 우리 사이의 기류를 눈치 챘는지 뿔난 표정으로 말했다.

"뭐야? 둘이만 알고 있고. 뭔데? 나도 알려줘!"

"별일 아니야. 그나저나 할 이야기라는 게 뭐야?"

"말 돌리지 말고!"

"……."

난 잠시 고민했다.

하지만 생각할 필요도 없는 문제였다.

그냥 넋 놓고 두들겨 맞았다고 말할 수는 없지 않겠는가?

"진짜 별일 아니야. 그냥 깡패들하고 시비 붙어서 어떻게 하다 보니까… 뭐, 그냥 그렇게 된 거야."

"뭐가 어떻게 된 건데? 정말 제대로 말 안 해줄 거야?"

"말하고 말 것도 없다니까."

"오빠!"

"아, 귀 안 먹었어."

난 능청스럽게 계속되는 질문을 피했다. 결국 수진이의 만류가 있어서야 미란이는 입을 다물었지만 눈을 가늘게 뜨는 게 왠지 앞으로도 계속 귀찮을 것 같다.

그러는 사이에 스테이크가 나왔고, 두들겨 맞은 것 때문인지 다시 허기가 진 탓에 나도 꽤나 맛있게 고기를 먹었다. 곧 수진이가 말했다.

"다름이 아니라… 오빠에게 부탁할 게 있어서."

"뭔데?"

"그게… 그러니까……."

"으음, 어떻게 말해야 하나?"

말하기가 좀 곤란했던지 두 사람은 서로를 바라보며 어쩔 줄을 몰라 했다. 결국 내가 얼굴을 찡그리며 뭐라 말하려 하자 수진이가 한숨을 쉬며 말했다.

"오빠가… 미란이 매니저 해주면 안 되겠어?"

"…뭐?"

지금 이상한 말을 들었던 것 같은데, 나보고 뭐 어쩌라고?

"오빠가 미란이 매니저 해달라고. 아무래도 믿고 맡길 수 있는 사람을 찾다 보니까 오빠밖에 떠오르는 사람이 없어서……."

"나 오빠가 도와주면 정말 잘할 수 있을 것 같아. 사실 내가 좀 예쁘고 매력적이야? 다른 건달들이 치근덕거리면 어떻게 해. 응?"

"허허."

난 기가 막혀 그저 허허 웃기만 했다. 그러나 농담이 아니었는지 두 사람은 정말 진지하고 간절한 표정으로 내게 매달렸다. 나는 물을 마신 후 그나마 트인 속에 안심하며 물었다.

"대체 왜 나에게 매니저를 맡기려고 하는 거야? 이유나 좀 들어보자."

"말하면 맡아줄 거야? 그게 그러니까……."

미란이의 설명에 따르면 이랬다.

그동안 날 지켜보며 내가 얼마나 싸움을 잘하고 대담한지를 알았단다. 솔직히 자기들도 나간다면 무척 잘나가는 편인데 어지간한 성인 건달들보다도 더욱 싸움을 잘하는 것 같아 이런 결정을 내리게 됐단다. 무엇보다도 이 바닥에 대해 좀 알고 있는 것 같은 게 필이 딱 꽂혔다나? 하지만 그걸로는 설명이 안된다.

그렇다 해도 난 고등학생이고 수진이와 만난 지 얼마되지도 않는다.

음, 아무래도 무슨 이유가 더 있을 것 같은데……. 설마 내 배경이나 그런 걸 눈치 채고 그러는 건가?

"그게 말이 되냐! 그리고 수진이, 네가 매니저 한다고 했잖아."

"어머, 정확히 말해 난 기획자 한다고 했어, 오빠. 매니저라니, 나 같은 연약한 미소녀가? 안 돼. 그러면 미란이 인기 깎인다고. 나 때문에."

"맞아, 맞아! 호홋!"

아, 머리 아프다.

뭐가 좋다고 웃고 있는지…….

"야, 아무리 그래도 난 고딩이야. 그것도 2학년. 거기에 한 번도 매니저 같은 건 한 적이 없는데……. 차라리 전문 인력을 쓰는 게 어때? 아무리 생각해도 말이 안 된다고."

"배우면 되잖아!"

"그게 좀 배운다고 되냐?"

"하면 되지 왜 안 돼?"

"으… 어쨌든 안 돼! 난 못해!"

이럴 때는 딱 잘라 거절해야 다시는 부탁할 생각을 못 한다.

그리고 이게 두 사람을 위해서도 좋은 거다.

고딩 2학년짜리가 매니저라니. 정말 말도 안 되는 소리다.

그렇게 됐다가는 미란이랑 수진이 회사 위신만 떨어지는 꼴이 된다. 나 같은 어린놈이 스케줄 달라고 로비 공작 벌인다고 해서 누가 진지하게 들어주겠냐는 말이다.

어떤 의미에서든 절대 안 될 말이다.

"너무하네. 어떻게 딱 잘라 거절할 수가 있지? 사랑스러운 동생들이 간절히 부탁하는데……."

"맞아. 냉혈한이야!"

"와! 고기 육즙도 적당한 게 맛 좋은데?"

나는 그렇게 넉살을 떨며 고기를 입에 넣었다. 두들겨

맞은 것 때문에 입 안이 쓰리고 속도 좀 더부룩했지만 괜히 티를 내며 약한 척하고 싶지 않아 꾹꾹 참아야 했다.

내 눈치를 보던 미란이가 이제는 푹 어깨를 떨어뜨리며 힘없는 목소리로 중얼거렸다.

"그냥… 오빠랑 같이 하면 더 안심할 수 있을 것 같아서… 그냥 그뿐이었는데."

이제는 비 오는 날의 불쌍한 강아지 공격인가?

저것도 예전부터 미란이가 잘하던 술수였지.

난 아예 관심을 닫아버린 채 잠시 다른 생각을 했다.

그러고 보니 아까 그 찌질이 녀석들이랑 조폭들, 오비파라고 했지?

오비파라면 떠오르는 신흥에 배후가 안 밝혀진 정체 모를 놈들이라고 용운이 삼촌이 그랬는데… 흠, 아무래도 좀 생각해 봐야 할 문제다.

지금으로서는 내가 어떤 길을 걸어야 할지 확답을 내릴 수 없으니 일단은 좀 더 시간을 갖는 게 좋을 것 같다. 하지만 그 기간이 길어져서는 곤란하다. 알고 싶은 것도 많지만 확실한 것은 아버지가 보냈다는 '그 아이'를 만나야 모든 게 명확해질 것 같았다.

아, 정말 뭐든 좋으니 좀 빨리 정리되면 차라리 속편하겠다.

"요즘은 매니저 구하기가 쉽지 않아서 그래. 사실 깨끗하게 가려면 매니저부터 믿을 만한 사람으로 골라야 하거든."

"그건 그렇지만……."

"사실 미란이 정도의 미모라면… 그것도 손댈 곳 없는 순수 자연산의 보석이라면 누구든 절대 가만 안 놔둘 거야. 난 적어도 나를 믿고 따라온 내 친구가 조금도 속상한 일을 당하게 하고 싶지 않아."

수진이의 결연한 표정에 난 살짝 감탄하고 말았다.

진심이 묻어 나온 결정이라는 걸 잘 알고 있었기 때문이다.

하지만 아무리 생각해도 그건 아니었다. 그때 미란이가 말했다.

"꼭 오래 해달라는 소리가 아니야. 오빠도 연예계에 뛰어들겠다고 했었잖아? 그전에 연예계를 알아둘 겸 오빠가 하고 싶은 일을 하기 전에 제대로 체험해 보는 것도 좋지 않겠어?"

"음, 그건 그렇겠지."

난 고개를 끄덕여 수긍했다. 그러자 수진이가 냉큼 말했다.

"그럼 잘됐네. 계약 조건을 조금 바꿔서 1년 계약으로 하자. 그래서 그동안 오빠가 철저하게 미란이 매니저가 되면서 보호해 주고 함께해 주면 될 것 같은데… 괜찮지 않아?"

"그것도 그렇겠지만… 아무리 그래도 어린 학생인 내가 매니저를 한다는 게……."

"어머, 괜찮지 않아? 사실 말이야 바른 말이지, 누가 오빠를 평범한 고등학생으로 보겠어? 그 정도면 외모도 적당하겠다, 몸집도 어지간한 깡패들은 맥도 못 추게 할 만큼 건장하고 싸움도 잘하니 아주 금상첨화(錦上添花)지!"

"……."

확실히 맞는 말이다.

뭐, 내 칭찬이 아니라 알바를 하고 있을 때면 날 고등학생으로 보는 사람이 거의 없을 정도였으니 말이다. 음, 그리고 보니 슬슬 여름휴가도 끝나겠다, 이거 계속 일할지 그만둘지 정옥이 누나랑 상의해야 될 것 같은데?

흠흠, 어쨌든 그렇게 보니 당기기도 하다. 사실 복수라는 게 지금 당장 무엇을 결정해서 해야 할 필요는 없는 것이고, 무엇보다도 내 앞길을, 미래를 결정하는 일인데 적어도 탐방 정도는 해봐야 되지 않겠나 싶다.

눈을 초롱초롱 빛내며 내 결정을 기다리는 두 사람에

게 난 조용히 말했다.

"그래. 일단 생각해 보고 이번 주 안으로 연락줄게. 당장 바쁠 건 없잖아. 그치?"

"응. 그럼 기다릴 테니까 꼭 좋은 답변 줘야 해? 아, 운전이랑 코디 같은 건 걱정하지 마. 이미 다 기획이 끝나 있는 상태니까."

"와~ 오빠랑 잘됐으면 좋겠다. 그치?"

그 후로 우리는 한참 동안 밝은 분위기 속에서 대화를 하다가 밤 열시가 돼서야 헤어질 수 있었다.

툭.

방에 들어온 나는 여느 때와 다름없이 습관적으로 불을 켰다. 그런데 그때,

툭!

"헙!"

어둠 속에서 나타난 누군가가 황급히 다시 불을 끄며 손으로 내 입을 막았다.

어둠 속에 빛나는 두 개의 눈동자.

"조용히 해라. 지금 바깥에 녀석들이 지켜보고 있다."

"…할아버지?"

노인네. 어디론가 사라졌던 노인네가 다급한 표정을

하고 있었다.

"대체 무슨 일이에요?"

난 조용히 물었고, 노인은 말했다.

"날 잡으러 온 녀석들이 집 주변에서 서성거리고 있다. 제길, 따돌린 줄 알았는데… 설마 표적이 나만이 아니었던 건가?"

"무슨 소리에요?"

"그런 게 있다. 어쨌든 무사한 듯하니 다행이구나."

그러면서 내 안위를 살피던 노인이 곧 내 얼굴을 확인하곤 깜짝 놀란 표정을 지었다.

"이, 이게 뭐지? 유빈아, 너 설마 그 녀석들에게 두들겨 맞은 것이냐?"

"네? 아, 이건 그게 아니라 다른 이유 때문에…….."

"대체 어쩌다가… 괜찮으냐? 쯧쯧. 얼굴이 아주…….."

"……."

정말 이 노인의 정체가 뭘까?

아버지와 같이 일하던 사람이라는 건 알았지만 단순히 그렇게 생각하기엔 이 노인네는 너무나 뻔뻔했다. 그리고 가끔씩은 타인치고는 조금 지나칠 정도로 내게 참견하는 듯했고 말이다.

음, 설마 내 친척 중의 한 명인가?

대체 누구지?

"후우! 오늘은 이대로 자는 게 좋겠다. 별일없어서 다행이구나."

"뭘요. 아, 그건 그렇고, 오늘 아버지에게 편지 왔는데… 보실래요?"

"응? 네 아비? 수호가?"

그 말에 팔자 좋게 누우려던 노인이 동그래진 눈으로 벌떡 일어났다. 난 품에서 편지를 꺼내주었고, 한참을 읽던 노인은 허허 웃으며 말했다.

"건강한 것 같으니 다행이구나. 그나저나 내가 여기 올 것을 알고 있었다니. 허허."

"저… 정말 누군지 말 안 해줄 거예요?"

"아직은 때가 아니라니까. 네가 뭘 하고 싶어하는지 확실히 말하면, 그때 네가 궁금해하는 것들을 다 말해주마."

"칫. 또 그 소리네. 됐어요. 그게 아니어도 '그 아이'라는 애가 오면 다 알 수 있다고 했으니까."

"흐음, 그 아이라……."

잠시 생각하는 듯하던 노인이 피식 웃더니 다시 누웠다.

그러면서 손을 내저으며 말했다.

"마음대로 알아보려무나. 능력이 있으면."

"…무슨 소리에요, 그게? 할아버지도 아는 애에요?"

"물론이지. 참고로 너도 아는 아이일 텐데…… 흠. 그건 그렇고, 이사 말이다. 그 건은 네 아비 말대로 하거라."

"이사 가라고요?"

"그래. 되도록 지방 쪽으로 가는 게 좋겠구나. 네가 수호 녀석의 아들인 것을 그놈들이 알게 되면 너도 가만히 놔두려 하지 않을 거다. 그들이 알게 되는 건 시간문제인 것 같으니 미리 준비를 해놓는 게 좋겠구나."

"흠, 그러면 좀 곤란한데……."

"또 무슨 일 때문에 그러냐?"

"아, 그게……."

난 아까 수진이와 미란이를 만나고 온 이야기를 해주었다. 노인은 고개를 끄덕이며 그 제안에 수긍하는 모습을 보였다.

"그것도 나쁘지 않겠구나. 그럼 차라리 완전 도심 지역으로 가는 것은 어떠냐? 수호 녀석이 준 용돈이 얼마라고?"

"백억이요."

"흠, 백억이라……. 그 정도면 꽤 좋은 집을 구할 수 있겠구나. 아, 거기에서 아예 연습실이랑 녹음실을 만드는 건 어떠냐?"

"에? 녹음실이랑 연습실이요? 집 내부에요?"

"그래. 백억이면 충분히 하고도 남을 텐데. 뭐, 나도 돈
은 조금 있으니 어느 정도는 지원해 줄 수 있단다."

"…따라오시게요?"

미묘한 표정으로 말하자 노인이 뻔뻔하게 웃으며 말했
다.

"허허, 그럼 이 갈 곳 없는 노인을 내치려 했더냐?"

"…뭐, 돈은 됐어요. 이 기회에 아주 삼촌들에게 부탁
을 하면 되겠네요. 이런 방면에는 삼촌들만 한 전문가도
없을 테니까."

"삼촌들이라……. 수호와 그룹을 짜던 프론티어 멤버
들을 말하는 거겠지?"

"…대체 정체가 뭐에요? 다 알고 있네?"

"네 아비가 수호인 걸 알고 있는데 그것도 모를까 봐서
그러냐? 허허, 어쨌건 빨리 빨리 움직이자꾸나. 아, 나는
내일 새벽에 잠시 어디 좀 나갔다 와야겠구나. 너는 내일
부로 학교 쉬고 바로 이사 준비를 해라. 이사하는 법 알
지?"

"제가 앤 줄 아세요? 걱정 마세요."

"그래. 이사 마치면 내가 알아서 찾아가도록 할 테니

나는 신경 쓰지 말거라."

"그렇지 않아도 그러려고 했네요. 아, 근데 녹음실이랑 연습실은 왜 만들어요?"

"필요한 것을 배워야 하지 않겠느냐?"

"…할아버지가 가르쳐 주시려고요? 할아버지, 그런 것도 할 줄 아세요?"

내가 미심쩍다는 표정으로 묻자 노인은 픽 웃으며 말했다.

"허허, 그럼 너는 내 전직을 뭐라고 생각한 게냐?"

"백수에 거지요."

"뭐, 그것도 틀리지 않다만 난 이래 봬도 만능 엔터테이너란다."

"에이, 안 믿겨지는데요?"

"알아서 생각하려무나. 끄응. 피곤하구나. 잠이나 자야겠다."

그 말을 끝으로 노인은 잠이 들었다. 한참 후 들려오는 코골이 소리에 난 조용히 한숨을 내쉬곤 고시원 내부에 있는 휴게실로 향했다.

'후우, 정말 어떻게 해야 하나.'

내부에 있는 커피 자판기에서 율무차를 한 잔 뽑고 난 후 생각을 정리했다.

어느 날 갑작스런 민아의 연예인 선언.

동시에 우리 둘의 사이는 점점 멀어졌고, 난 이제 끝났다 생각하며 가끔 학교 내부에서 마주쳐도 일부러 아는 척을 하지 않았다. 참 이상하다. 그때는 그렇게 외면하면서도 아무렇지 않았는데 지금 생각하면 너무도 후회스러우니 말이다.

난 스스로를 참 냉혈인이라 판단하고 있었다.

한데 지금은 과거의 그 하나하나의 잘못들이 너무도 후회스럽고 철이 없게 느껴졌다.

노인, 아니, 할아버지가 그랬다.

남자란 여자의 잘못을 웃으며 용서할 수 있을 때 진짜 남자라고.

비슷한가? 뭐, 어쨌든 난 그 말을 지금에서야 수긍한다.

그래서 민아를 용서했다.

하지만 나 스스로를 아직 용서하지 못하겠다.

내가 그때, 그때 조금만 넓은 마음으로 웃으며 따뜻하게 민아의 곁에 있어줬어도 그런 불상사는 일어나지 않았을 것이다. 그렇게 피 묻은 쪽지와 일기장을 남기며 세상을 떠나는 그런 비극적인 일은 일어나지 않았을 것이다.

그게 내 혈관 깊은 곳에서 조용히 흐르던 피를 끓게 했다.

난 어떻게 해야 할까?

솔직히 민아의 복수. 꼭 해야 한다고 생각하긴 하지만 누가 시킨 것도 아니다. 그리고 그렇게 한다고 해봐야 민아의 부모님은 걱정만 하실 것이다. 보나마나 그들은 감히 민아의 부모님들은 쳐다볼 수도 없는 높은 곳에 있을 이들일 것이기 때문이다.

엄밀히 말해 난 민아와 헤어졌다.

적어도 내가 그렇게 결정을 내렸기 때문에 지금에 와서 또 다른 진실을 알았다 해도 그건 변하지 않는 사실이다.

나는 엄밀히 말해 이제 민아와는 타인이다.

한데 그런 내가 이렇게까지 고심하며 내 인생을 걸어야 할까 하고 스스로에게 물음을 던진다면 난 망설일 수밖에 없다.

적어도 이성적으로는 말이다.

하지만 가슴은, 내 본능은 이미 움직이고 있었다.

어쩌면 건수가 필요했을지도 모른다.

내가 스스로 아버지 때문에 싫어한다고 생각했던 연예인이라는 것, 그리고 음악이라는 것을 다시 하게 될 건수가.

내 이런 비겁한 속내를 알았는지 신은 결국 그 모든 변명을 채워주었다.

음악 때문에 우릴 버렸다 생각한 아버지는 실상 우리 가족들을 위해 모습을 보일 수 없었던 것이고, 민아는 날 보고 싶어했지만 내 차가운 행동 때문에 움직이지 못했던 것이다.

더 이상 무슨 망설임이 더 필요할까?

무슨 이유가 더 필요할까?

난 멍청했다.

그래, 그것뿐이다.

그럼 내 스스로를 반성하고 다시 내 내면을 솔직하게 마주하면 되는 것이다.

"일단은 밑바닥부터 아는 게 중요해."

어느덧 복잡하게 엉켜 있던 실타래가 천천히 풀리고 있었다.

"매니저… 한번 해볼까나?"

Lesson 3 이사하는 날

MUSIC ON
1

다음날 새벽에 일어나서 확인해 보니 역시나 할아버지는 어디론가 가고 없었다. 창밖에는 벌써 아침 해가 떠 있었고 시계는 일곱 시를 가리키고 있었다. 나는 조용히 한숨을 내쉰 다음 자리에서 일어났다.

"…이사할 곳을 좀 알아봐야겠네."

할아버지가 오늘부터 이사할 곳을 찾아보라고 했던가?

음, 이런 것은 나 같은 고딩보다야 삼촌들의 도움을 더 받는 게……

"…잠깐. 너무 삼촌들에게 의지하는 건 좋은 버릇이 아니야. 직접 찾아볼까?"

누구의 힘도 빌리지 않게 독립한다고 했으면서 은근히 여기저기서 도움을 많이 받고 있었다. 음, 이래서야 도저히 독립의 의의가 없잖아? 자중하자.

"그래도 음향 시설 세팅에 관해서는 도움을 받아야 할 텐데…… 음, 어떻게 한다?"

내가 그렇게 고민하고 있을 때 경쾌한 벨소리가 울렸다. 확인하니 용운이 삼촌이었다.

─유빈아, 일어났지?

"네, 삼촌. 근데 이 시간에 어쩐 일이에요?"

─대모님이 너 찾더라. 저번에 들른다고 했다면서 안 온다고 꽤 화나셨던데… 정말 계속 삐길 거냐?

"아니요. 그건 아닌데…… 아직 해야 할 게 많아서 정리되면 가려고 했지요."

─흠, 그래. 네가 어떻게 바쁜지는 알겠는데 빨리 정리하고 한번 찾아뵈라. 더 지체하다가는 대모님께서 직접 행차하실 것 같더라.

"헉!"

대모님이 직접?

헐. 절대 안 될 말이다. 원래는 나중에 일이 어느 정도 정리되면 바로 찾아가려 했는데 그랬다가는 정말 큰일 벌어지겠군. 아무래도 오늘이나 내일쯤 바로 가봐야 하려나?

"음, 오늘 갈게요!"

—홋. 그래, 잘 생각했다. 오늘 학교 가야 되지?

"아뇨. 오늘은 안 갈 생각이에요."

—왜? 아, 너 이사 때문에 그러는 거구나?

"어? 어떻게… 아!"

놀라던 나는 삼촌들 역시 아버지의 편지를 읽었다는 것을 생각해 내곤 고개를 끄덕였다.

—그렇지 않아도 그 문제 때문에 전화한 거다. 그건 그렇고, 너희 집에 재섭 아저씨도 같이 있지?

"네? 재섭 아저씨요? 그게 누군데요?"

—아, 아직 이름은 모르나? 너희 집에 함께 살고 있는 노인 말이야. 같이 있지?

"아, 아니요. 오늘 새벽에 나간 것 같아요."

할아버지 이름이 재섭이었나? 난 할아버지가 어제저녁에 했던 말들을 삼촌에게 해줬다. 그러자 삼촌이 한숨을 쉬며 걱정이 가득한 어조로 말했다.

—무사하셔야 할 텐데……. 뭐, 그건 그렇고, 그분이 그렇게 말씀하셨다면 빨리 집을 알아봐야겠구나. 아, 오늘 학교 안 간다고 했으니 만나는 게 어떻겠니? 아무래도 이

야기해야 할 게 좀 많을 듯싶구나.

"아, 그러고 보니 저도 하고 싶은 말이 있어요. 좋아요. 그럼 어디서 볼까요?"

─삼촌이 직접 데리러 갈 테니 기다리고 있거라. 그럼 지금 출발하마.

"네, 그럼."

전화를 끊자마자 난 바로 세면을 하고 외출용 복장으로 옷을 갈아입었다. 그러다 학교에 말을 해야 한다는 것을 생각해 내곤 담임선생님께 전화를 걸었다. 헌데 놀랍게도 마치 알고 있었다는 듯 별다른 물음 없이 허락해 주셨고 출석 일수는 걱정 말라며 배려해 주셨다.

"해야 할 게 많은데…… 흐음, 일단 미란이에게도 말은 해놔야겠지?"

미란이는 아직 우리 집안이 어떤 집안인지를 모른다. 내가 나에 대해 밝히지 않은 데엔 여러 가지 이유가 있었지만 무엇보다도 섣불리 말하다 좋았던 관계가 이상하게 변모되는 것을 우려한 연유가 컸다.

물론 언제까지고 숨길 생각은 없다. 하지만 구태여 무리를 해서 밝히고 싶다는 생각 역시 없었다.

"그러고 보니 나인 테일즈와 지훈이 형도 좀 만나봐야 할 텐데… 요즘 무슨 일 있나? 통 연락이 없으니……."

나는 머리를 긁적이며 핸드폰을 바라봤다.

그래도 꽤 친해졌다고 생각했는데 내 착각이었나?

"음. 삼촌에게 물어보면 좀 그렇고… 수진이에게 한번 물어봐야겠구나."

내가 본 그 아이들은 연예인치고는 참 순수하고 착한 아이들이었다. 아마 무슨 사정이 있겠지. 내가 그렇게 생각을 정리하고 있을 때,

쿵쿵쿵!

"유빈아! 유빈아! 안에 있니? 유빈아!"

고시원 관리인 누나의 다급한 목소리가 들려왔다. 뭐야? 왜 갑자기 호들갑이야?

덜컥!

"왜요, 누나?"

"유, 유빈아! 그, 그러니까… 지금 밖에 그러니까……!"

"…어디 아파요?"

"아휴! 그게 아니라… 아휴!"

정말 뭣 때문에 그러는지 누나는 가슴을 치며 답답한 기색을 드러냈다. 그러나 무언가에 크게 놀란 탓인지 흥분을 쉽게 가라앉히지 못했다. 흠, 저런 성격이 아니었는데 정말 뭔가 큰일 난 건가?

"후우! 그러니까 유빈아, 듣고 놀라지 마? 알았지? 응?

절대, 저얼~대 놀라면 안 돼?'

"…지금 누나 모습만으로도 충분히 놀라운데요? 그러니까 뭔 일인데요?"

"그게……."

누나는 곧 '네가 안 놀라면 내 손에 장을 지진다!' 라는 득의의 표정을 지은 뒤 내게 말했다.

"너 프론티어 알지?"

"네."

"지금 그 프론티어의 멤버인 한용운 씨가… 한용운 씨가 글쎄… 지금 밖에서 널 찾고 있어!"

"……."

음, 삼촌이 왔구나.

난 잠시 고민했다.

여기서 무슨 반응을 보여야 할지.

놀라야 할까, 아니면 태연하게 보여야 할까? 음, 그런 세계적인 보이 밴드의 멤버가 날 찾아왔다는 사실에 정상적으로 생각하면 놀라서 쓰러지거나 그보다는 못해도 감동받아 멍한 표정으로 현실감 없이 보여야 정상이다. 하지만 바로 그런 사람들이 내 혈육과도 같은 삼촌들인걸. 놀라고 싶어도 도저히 그러기 힘든 상황이다.

"그렇군요. 알았어요."

결국 짧게 대답한 난 누나를 지나쳐 밖으로 나갔다.

"아, 안 놀라네?"

누나의 귀여운 중얼거림에 난 살짝 웃었다.

전국 모든 조직 폭력배들의 대부이며 세계적인 팝 스타.

더불어 절대 청음이라는 초능력과 다름없는 재능을 바탕으로 지금은 세계에서도 내로라하는 음향 장비 회사의 주인이며 악기 회사의 오너이기도 한 그 위대한 이름 한용운. 외모마저도 조각 같으면서도 와일드한 느낌이 강한 터라 지금도 크고 작은 데서 모델 제의가 들어오고 있다는 희대의 엄친아!

음, 사실 삼촌들 모두가 그러니 별로 특별할 것도 없겠지만 그중에서도 용운이 삼촌이 풍기는 포스는 사실 일반인들이 감히 범접할 수 있는 분위기의 것이 아니다. 과거에는 붉은 장발을 늘어뜨리고 다녔다고 하는데 지금은 짧고 강한 스포츠머리와 검은 수투 등으로 그렇지 않아도 강한 분위기를 더욱 무겁게 하고 다니신다.

그런 분이 시끌벅적한, 그것도 학생들이 많이 다니는 동네에 검은색의 최고급 외제 세단을 끌고 경호원들을 대동한 채 나타났다고 생각해 봐라. 과연 어떤 사태가 벌어지겠는가 말이다.

"하하! 어쩔 수 없다는 걸 알면서 그러니? 유빈이 네가 익숙해지는 수밖에 없다고."

"아무리 그래도……. 내가 이래서 삼촌들 하고 약속 잡기가 겁난다니까요. 그나마 가장 수수하다고 할 수 있는 수한이 삼촌도 그러시니…… 에효. 정말 소시민이자 평범한 고딩인 저로서는 그저 죽어지내는 수밖에 없지요. 에효."

"하하, 미안하다는데도 그러는구나."

아마 삼촌과 나 사이의 관계를 모르는, 그저 일반 조직원들이 봤으면 아마 기겁을 했을 거다. 조직 내에서의 삼촌은 그야말로 카리스마의 결정체에 말 한 번 잘못하면 눈빛으로 심장을 찔러 누구 하나 죽일 것 같은 사람이었기 때문이다.

그러나 그런 건 내가 알 바 아니고, 무엇보다도 내가 지금 이러는 데는 그럴 만한 이유가 있었다.

"아악! 이제 학교 가서 어떻게 하지? 날 목격한 녀석들이 무지 많았을 텐데……. 그렇지 않아도 미란이와 수진이 때문에 유빈 반대급부가 늘어나는 시점에서 이런 일이 생겨 버리면… 으흑!"

"후후, 다 잘난 가족들을 둔 것에 따른 운명이려니 생각하려무나. 사실 지금까지 노출되지 않고 조용히 지내 온 것도 놀랄 만한 사실 아니니?"

"전 앞으로도 계속 조용하고 싶다고요!"

"그래, 그래. 흐음. 너 아직 아침 안 먹었지? 뭐 먹을 래?"

"아무거나요. 저 잡식성인 거 잘 아시면서 그러세요?"

"그러니? 그럼 내가 고르마. 으음."

곰곰이 생각하던 삼촌이 손가락을 튕기며 기사에게 말했다.

"최 기사, 대모님께로 가지. 아침 식사는 그곳에서 하자."

"…에?"

난 어처구니없어 살짝 얼굴을 찌푸렸다. 삼촌은 내 머리를 비비며 말했다.

"분명 네 입으로 오늘 들른다고 하지 않았니?"

"그, 그래도 이런 이른 아침부터……."

"문안 인사로 딱 적당한 시간이지. 잔말 말고 따라와 라."

"우우……."

이런 이른 아침부터 대모님을 뵈러 가야 한단 말인가?

난 죽을상을 한 채 푹신한 커버에 몸을 묻었다.

내가 이런 반응을 보일 때는 다 이유가 있기 때문이었다.

"오늘 하루의 자유는 완전 반납이구나."

"후후, 그동안 대모님을 등한시한 벌이라고 생각해라."

내 투덜거림에 삼촌은 마냥 웃을 뿐이었다.

"어이구! 이게 누구야? 내 강아지! 어서 이리 오려무나."

성을 연상케 하는 거대한 대문을 통과해 크고 화창한 정원을 한참 지나서야 난 대모님의 거처에 진입할 수 있었다. 뭔 놈의 집이 이따위로 크고 넓은지, 하다못해 정원용 카트라도 있으면 내가 아무 말도 안 한다.

하지만 그 나이에도 몸 움직이고 운동하는 것을 즐겨 하는 대모님의 성격 때문에 모든 방문객이 옛 마이클 잭슨의 네버랜드에 못지않을 정도로 징글징글하게 넓은 정원을 걸어야 했던 것이다. 사실 내가 이곳에 오기 꺼린 이유 중의 하나가 바로 이것 때문이었다.

"어서 오십시오, 도련님."

"오래간만이군요. 잘 지내셨습니까?"

대모님을 호위하고 있던 긴 생머리에 훤칠한 팔등신의

미녀들이 나를 보며 반갑게 웃었다. 어려서부터 알던 사이라 사석에서는 편한 누나 동생 사이로 지낸다지만 지금처럼 대모님이 있을 때에는 이렇게 예의를 갖춰 날 대하는 사람들이었다.

사실 모두가 그랬다.

내가 이곳에 오는 것을 불편해하는 두 번째 이유가 바로 이런 인간관계 때문이었다. 대모님은 자신의 사람들 중 누군가가 나에게 편하게 하대하는 것을 절대로 용납하지 않았다. 물론 용운이 삼촌이야 제외였지만 하다못해 대모님의 제일 심복이라 할 수 있으며, 조직 내에서 나와 가장 친하다 할 수 있는 쌍칼 형마저도 대모님 앞에서는 날 깍듯하게 대하곤 했다.

그러니 내가 이곳을 불편해하는 건 당연했다.

물론 대모님에게는 씨알도 먹히지 않는 투정일 뿐이었지만.

"내 새끼, 못 본 사이에 많이 컸네? 그래, 끼니는 잘 챙겨 먹고 있고?"

"그렇잖아도 삼촌이 아침은 대모님과 함께하자고 해서 이렇게 달려온 거예요. 식사 아직 안 하셨죠?"

"물론이지. 좋아. 오랜만에 아침을 호화스럽게 먹어봐야겠구나. 내 귀여운 강아지가 왔으니."

"에휴. 지금 내 나이가 몇인데 아직도 그러세요? 전 이 제 어린애가 아니라고요! 그러니 엉덩이 좀 두드리지 마세요! 남세스럽게 시리."

"호호호!"

내 투정 어린 말에 대모님이 소리 높여 웃었다. 그리곤 날 애정 어린 눈으로 흘겨보며 말했다.

"그럼 내 새끼를 내 새끼라 하지 뭐라 부르누? 어쨌든 집 안으로 들어가자꾸나. 이 정도면 아침 운동은 됐겠지?"

나이가 일흔이 넘었건만 대모님은 아직도 쌩쌩했다. 꾸준한 운동과 식이요법 탓에 피부는 주름 하나 보이지 않았고 젊은 시절의 뛰어난 미모 탓인지 지금도 현숙한 아름다움이 언뜻언뜻 보일 지경이었다. 몸 균형 역시 바로 곧아 여느 성인 여성에 못지않을 정도였다. 머리 역시 젊은 감성을 뽐내시겠다고 검은색으로 염색하신 터라 밖에 나가면 그 누구도 대모님이 일흔이 넘는 할머니라고 생각하지 않을 것이다.

현재 우리나라를 비롯, 세계 3대조직이었던 기존의 균형에 끼어들어 이제는 4대조직 중 하나로 우뚝 선 적호문의 여제 이홍자. 그것이 바로 국내 모든 폭력 조직의 대모님이자 내게 있어서는 외할머니의 여동생, 즉 이모할머니가 되는 분이시다.

후, 세상에 나같이 복잡하고 엄청난 족보를 가진 녀석
도 없을 거야.

"뭐 하고 지냈지?"

"저야 뭐, 학교 다니고 그러면서 평범하게……."

"후우, 우리 유빈이가 잠시 못 본 사이에 담이 많이 컸
구나. 내가 최근에 들은 소식들이 있는데… 오랜만에 맞
고 시작할까?"

"…생활하지는 않았고요. 절대로, 음음, 그러니까 그동
안 무슨 일이 있었느냐 하면……."

속일 사람을 속여야지. 혹, 웃는 얼굴로 사람 죽인다는
말 들어봤는가? 난 식은땀을 삐질 흘리며 그동안 있었던
모든 일들을 자세하게, 아주 세밀하게 들려주었다. 호위
누나들을 비롯, 할머니와 용운이 삼촌은 이야기가 진행
되는 내내 웃으며 들어주었고, 마침내 내가 명국이라는
찌질이 트레이너가 부른 조직원들에게 린치를 당했다는
말을 들었을 때에는 무서운 얼굴이 되었다.

"오비파, 내 이 녀석들을 당장!"

"아아, 아직 이야기 안 끝났으니 좀 진정하세요. 정말
중요한 게 남았다고요!"

내 이래서 이야기를 안 하려 했는데, 어설프게 숨기느

니 차라리 있는 대로 솔직하게 까발리는 게 낫다. 사실 내가 대모님을 만나기로 작심한 것도 그 일 때문이었으니 말이다.

난 즉시 내가 생각한 오비파와 아버지의 관계에 대한 이야기를 쭉 나열했다. 심각하게 내 말을 듣던 대모님이 이야기를 정리했다.

"그러니까 네 말은 수호를 쫓고 있는 정체불명의 단체가 오비파의 배후인 것 같다, 이 말이지?"

"네. 여기 명함이에요."

난 그들에게 받은 명함 한 장을 건네주었다.

그것을 살펴보던 대모님이 호위 누나들에게 건네주며 말했다.

"이것을 쌍칼에게 주고 지금 들은 이야기들을 알려주어라. 흠, 확실히 유빈아, 네 말은 일리가 있구나."

"그렇죠? 아무래도 접근해 봐야 뭔가를 알 수 있을 것 같아요. 쌍칼 형은 권모술수(權謀術數)에 능하니 맡기면 뭔가 파고들 틈을 만들 수 있을 거예요. 그렇잖아도 대모님이 요즘 오비파인가 뭔가로 머리 싸매고 계신다고 들어서 제가 드린 정보가 도움이 좀 되었으면 싶네요."

"흠, 충분히 도움이 되었다. 어쨌든 내 이 녀석들, 절대 가만 놔두지 않을 테니 두고 보거라. 감히 내 귀여운 강아지를 그렇게 짓밟다니… 아주 박살을……!"

"하하……."

부상이라도 당했으면 큰일 날 뻔했다.

하지만 그때 내가 봤던 그들은 제대로 된 남자들이었
다. 뼈를 부러뜨리겠다며 으름장을 놓았지만 결국 내 사
지육신은 멀쩡했다. 더구나 골병도 들지 않게 일부러 때
려도 크게 다치지 않을 곳만 골라서 때렸다. 물론 진짜
남자라면 애당초 날 건들지 않았겠지만, 그들의 사정을
생각하면 그것도 충분히 아량을 보인 것이었다.

김명국.

그 저질 보컬 트레이너.

조만간 다시 한 번 만나봐야 될 것 같았다.

아주 조용한 곳에서 화목하게 말이다. 으드득!

"그럼 그 미란이라는 아이의 매니저로 활동하기로 한
거니?"

"네. 일단은 그렇게 해봐야 할 것 같아요. 로즈 엔터테
인먼트… 아무래도 단순한 자살이라고 하기에는 좀 석연
치 않은 점이 많아서요."

"내가 알아봐 주련?"

"아니에요. 그건 제 일이에요. 제가 알아서 할게요. 죽
을 때 죽더라도 그건 제가 알아서 해야 할 문제예요."

정말 이 일만큼은 누구의 도움도 받기 싫다.

반드시 내 힘으로 일어서서 민아의 원수를 찾아 유골 앞에 무릎 꿇려 놓을 것이다.

"그래. 그 정도 각오는 있어야 내 후계자라고 할 수 있지. 좋아, 잘해보아라."

대모님은 그렇게 웃으며 내게 말했다. 곧 문이 열리며 음식이 가득 담긴 상이 여러 차례 들어왔고, 그 후로도 우리는 여러 잡다한 신변잡기들을 나누며 즐겁게 아침 식사를 했다.

"…네? 집에 들어가라고요?"

"그래. 집에 들어가려무나. 지금 네가 하는 일들을 보건대, 앞으로도 집에 들어갈 일은 없을 듯하구나. 그렇잖아도 덕분에 강 회장님의 심기가 많이 불편하다고 들었다. 이제는 그만 나돌아 다니고 집에 들어가거라."

"하지만……."

식사를 마친 뒤 차를 마시며 침묵을 지키던 대모님의 말에 난 놀란 표정을 지었다. 그도 그럴 것이, 대모님은 한 번도 나와 집안의 일에 왈가왈부한 적이 없었기 때문이다. 난 뭐라 말하려 했지만 대모님이 고개를 저으며 계속해서 말했다.

"네가 걱정하는 게 무엇인지 다 안다. 집안의 무거운 분위기도, 그리고 후계자가 되길 강요하는 어르신들의 성화도 싫겠지. 무엇보다도 현정이와 선우 그 아이들과 부딪치는 건 더더욱 싫을 테고 말이다. 아니냐?"

"맞아요. 현정이는 몰라도 선우 녀석은 특히 거북해요. 녀석은 천재죠. 그래서 하늘이 내려준 재능만큼 야심이 많은 녀석이에요. 그런 녀석에게 저라는… 말 그대로 특별히 잘하는 것도 없는 녀석은 눈엣가시 같은 존재였을 거예요. 차라리 제가 안 들어가는 게 집안을 위해서도 좋아요."

"참 이상하구나. 보통은 부모가 아닌 형이나 누나가 키워주면 결속력은 더 좋아지기 마련인데… 어쨌든 넌 집에 들어가는 게 옳다. 네 어미를 생각해서라도 넌 들어가야 한다. 그 아이는 불쌍한 아이다."

"그건 아니지만……."

대모님이 말하는 게 무엇인지 잘 알고 있었다.

아마 배다른 형제를 뜻하는 것일 가능성이 컸다.

내 근황 이야기를 하며 아버지의 편지에 대해 자세한 이야기를 하지 않았기에 대모님은 내가 모든 사실을 알고 있다는 것을 모르고 계셨다. 고민하는 내게 대모님이 말했다.

"어서 집으로 들어가거라. 아니면 나를 납득시켜 보든가."

"으음……."

난 머리를 굴렸다.

어떻게 해야 대모님을 납득시킬 수 있을까?

고민하던 나는 결국 구차한 변명밖에 댈 수 없었다.

"같이 살고 있는 할아버지도 있고… 무엇보다도 아직 제 친구들이랑 동생들이 저에 대해 잘 모르기 때문에… 그들과의 관계가 어색해지고 싶지 않아요. 전 조용히 살고 싶다고요."

"…같이 살고 있는 할아버지?"

"네. 아, 제가 말씀 안 드렸나요? 저 몇 주 전부터 같이 살고 있는 할아버지가 한 분 계세요. 그리고 이거 한번 봐보세요. 별로 보여드릴 필요 없다고 생각했는데… 아무래도 이것까지 숨기지는 못하겠네요."

나는 그렇게 말하며 품에 지니고 있던 아버지의 편지를 건네주었다. 반색하며 받아 읽던 대모님은 곧 편지지를 내려놓고 무거운 한숨을 내쉬었다. 그리고 내게 물었다.

"혹 같이 살고 있는 그 노인의 이름이……?"

"재섭. 성은 몰라요. 그냥 재섭이라고만 알고 있어요."

"그렇구나. 재섭. 그래, 그 사람이 살아 있었구나."

그 이름을 듣자 대모님이 아련한 감격에 잠겼다. 그 모습을 보니 더욱 궁금해졌다. 대체 그 사람은 누구인지…….

"저… 대체 그분이 누구죠? 아버지와 어떤 관계가 있는 사람이에요?"

"아, 너 아직 아무것도 듣지 못했니?"

"네. 아직은 때가 아니라면서……. 대모님은 아시죠?"

"물론 알긴 한다만… 그분이 그렇게까지 말했다면 내가 뭐라 할 수 있는 문제는 아닌 것 같구나."

"그래도……."

"분명히 말할 수 있는 건 하나 있지. 그분은 설령 나라도 함부로 대할 수 없는 엄청난 분이라는 것. 그래, 음악의 길을 간다니… 너에게는 행운의 신이… 아니, 음악의 신이 따라다니는 것 같구나."

"…네?"

내가 의아한 표정을 짓자 대모님과 용운이 삼촌이 서로를 보며 흐뭇한 미소를 지었다. 곧 용운이 삼촌이 내 머리를 쓰다듬어주며 말했다.

"쉽게 말해 넌 음악의 신이라 할 수 있는 분에게 가르침을 얻게 되었다는 거다. 그분은 설령 혈육이라 할지라

도 쉽게 가르침을 주시는 분이 아니신데… 후후, 젊은 시
절 네 아버지를 포함한 우리 다섯이 그렇게 가르침을 달
라 청했지만 끝까지 자격이 안 된다며 외면하셨던 분이
다. 한데 그분이 널 봐주기로 했다면… 넌 정말 엄청난
행운을 얻은 거야."

"그런… 그 할아버지가 그렇게 대단한 분이시라고요?"

"대단한 정도가 아니지. 어쨌든 잘 배우거라. 대모님과
내가 해줄 수 있는 이야기는 거기까지가 전부로구나. 그
래, 그 정도라면 충분히 이유가 되지. 좋아. 네 집이랑 녹
음, 연습 시설 문제는 내가 알아봐주도록 하마."

"에? 그, 그렇게까지 하실 필요는 없는데……."

"너 어차피 나와 성진에게 음향 시설 문제는 부탁하려
했을 것 아니냐? 차라리 잘되었다. 그동안 삼촌이라고 하
면서도 네게 해준 것이 없어 참 미안했는데 이 기회에 내
가… 아니, 우리가 힘을 써주도록 하마."

"저, 정말 그러실 필요 없는데… 그, 그러면 여기 통장
이라도……."

나는 당황스러움에 손을 떨며 품을 뒤적거렸지만 통장
은 나오지 않았다. 아마 고시원에다가 놓고 온 모양이었
다. 내가 더욱 당황해하자 대모님이 엄한 표정으로 나를
꾸짖기 시작했다.

"어찌 삼촌이 해주려는 선물을 돈으로 계산하려 한단 말이더냐! 유빈아, 네 어미와 이 할미가 그리 가르치더냐!"

"아, 아니요. 그냥 저는……."

"네 마음이 어떤지는 알겠다. 하지만 넌 아직 우리에게 있어 보호받아야 할 어린아이와도 같다는 것을 명심해야 한다."

"…네."

"그러니 이번 이사는 우리에게 맡기고 넌 잠시 집으로 들어가도록 하려무나. 적어도 어머니를 안심은 시켜줘야 하지 않겠니? 네 근황도 좀 이야기해 주고."

"그렇네요."

내가 수긍하는 기색을 보이자 대모님이 웃으며 말했다.

확실히 맞는 말이다.

그동안 내가 어머니께 좀 무심했던 것은 사실이니 말이다.

말이야 바른 말이지, 선우와 현정이 녀석이 어머니 집안의 가업인 대한일보, 즉 대한 그룹의 총수 자리를 노린다고는 하지만 엄밀히 말하면 녀석들에게는 그럴 자격이 없다. 지금 생각해 보면 할아버지와 어르신들이 내게 그토록 총수 후계자 자리를 강요했던 이유도 녀석들이 어머니의 아들이 아니라는 점 때문이었다.

"후우! 복잡하군요. 전 어떻게 해야 할까요? 동생이라고 있는 것들이 벌써부터 부귀영화에 그토록 탐욕을 보이니…… 그나마 현정인 낫다곤 하지만 선우가 문제에요. 콱 때린다고 말을 들을 녀석도 아니고… 아아, 답답하다, 정말."

"후우! 네가 사실을 다 알았으니 하는 말이지만, 엄밀히 말해 이번 일은 모두 수호 녀석의 안일함에서 생긴 일이다. 사실 그 아이들이 수호의 핏줄을 이었는지조차도 불분명한 상태란다."

"…그건 또 무슨 말씀이에요?"

난 또다시 듣게 된 난데없는 진실의 단편에 멍한 표정을 지어야 했다. 녀석들이 배다른 가족이라는 것도 놀라울 지경인데 어쩌면 핏줄이 아예 이어지지 않았을 수도 있다니?

그에 대한 대답은 용운이 삼촌이 해주었다.

"쉽게 말하면 이런 거지. 우리는 녀석들의 어미가 누구인지 모른단다. 흠, 너와 녀석들이 나이 차가 얼마였더라? 두 살? 세 살?"

"세 살이요."

"그렇지. 거기까지는 다 아는 사실이지. 하지만 그것도 수호 녀석이 알려줘서 알 수 있게 된 사실이었단다."

"…그게 무슨 말이에요?"

"쉽게 말하면 이런 거지. 그 두 아이의 어미가 누구인지, 어디서 데려온 것인지 우리는 아무것도 모른다는 거야. 우리가 아는 수호는 결코 무책임한 녀석이 아니야. 한데 널 받을 틈도 없이 급히 사라져 버린 녀석이 불과 삼 년 만에 두 아기를 데리고 나타나 맡기다시피 하고 황급히 사라져 버렸다? 누가 봐도 수상할 수밖에 없는 상황인 거지."

"그러면……."

"자식처럼 키워달라는 수호의 부탁 때문에… 그리고 제수씨의 간절한 청 때문에 검사는 하지 않고 있었지만 십중팔구 그 두 아이는 너와는 아무 상관 없는 아이들일 거야. 흐음, 아마도 수호 녀석이 가족을 떠나 도피 생활을 하게 된 연유와 관련이 있을 듯한데… 휴우, 이거 통 알려주지를 않으니."

"……!"

충격적인 사실.

요즘 들어 느끼는 건데 아무래도 나에게 마가 낀 게 아닌가 싶다. 갑자기 끝났다 생각한 여친이 죽지를 않나,

그게 알고 보니 연예 기획사의 알 수 없는 비리와 관련돼 있었고, 무엇보다도 그녀는 일기장에 날 죽기 바로 직전까지도 사랑하고 있었다는 사실을 밝혀 도저히 사건의 진상을 밝힌 뒤 복수를 하지 않고서는 못 견디게 만들어 버렸다.

거기에 아버지의 난데없는 편지.

그것으로 아버지에 대한 미움이 거의 풀려가는 시점에 이제는 혈육이라 믿었던 두 이란성 쌍둥이 동생이 사실은 배다른 동생에, 심하면 아예 혈연관계가 없는 남이라는 소리까지 듣게 되었다.

와, 진짜 미쳐 버리겠다.

이거 나더러 어쩌라고 그러는 거야?

"머리가 좀 아프겠구나."

"이런 말 하면 실례인 거 아는데… 가능하면 아버지 멱살을 잡고 따지고 싶을 정도예요. 일이 왜 이렇게 복잡하게 꼬이는 거예요?"

"그러니까 말이다. 쩝. 사실 우리가 그룹으로 활동하던 젊은 시절에도 네 아버지의 돌발 발언 때문에 여러 번 탈진을 해야 했단다. 어쩌면 그렇게도 말도 안 되는 계획을 가지고 심하게 우릴 부려먹던지… 난 사실 지금의 명성을 가지게 된 건 지극히 당연한 수순이라고 생각한단다."

"저도 그렇게 생각해요. 와, 정말 고생 많으셨어요, 삼촌들."

"으휴! 그것만 아니었으면 내가 대모님께 붙잡혀 이날 이때까지 코를 꿰일 일도 없었을 텐데……. 말이야 바른 말이지만 난 원래 소방사가 꿈이었는데……."

"호호, 그래서 용운이 자네는 지금 상황이 매우 불만인가 보지?"

"네? 아하하하! 서, 설마 그럴 리가요."

삼촌이 땀을 흘리며 어색해하는 건 처음 본다. 하지만 뭐 상대가 상대이니만큼…….

"그건 그렇고… 그 재섭이라는 사람, 그렇게 음악에 정통한 사람이에요?"

"정통이라……. 뭐, 그렇다고도 할 수 있지. 어둠의 세계에서 한때 예명이 음악의 신이었으니까."

"음악의 신이라……. 그럼 아버지랑 비교하면 어때요?"

"아버지? 아, 수호? 흐음."

내 물음에 용운이 삼촌이 턱을 매만지며 고민에 잠겼다. 대모님은 정숙한 모습으로 조용히 차를 마시며 경청의 자세를 취했다. 곧 삼촌이 대답했다.

"음, 좀 애매하군. 나 개인적으로는 지금의 수호면 재섭 아저씨는 충분히 따라잡았지 싶은데… 다른 동료들의 평가는 어떨지 모르겠군. 분명히 말해 수호는 천재야. 하늘이 내린 보컬의 재능을 지닌 천성 가수 체질인 놈이라고."

"하지만 음악의 신이라면서요. 그 할아버지."

"그거야 수호가 아직 세계에 등장하지 않았을 때의 이야기지. 음, 내 생각에는 지금 네 아버지가 여러 면에서 조금 우세하지 않을까 싶어. 뭐, 못 봤으니 잘 모르겠지만."

"그래요? 히야~ 대체 아버지는 어떤 사람이지?"

영상으로만 보았던 아버지.

분명히 말에 두 번 다시 나올 수 없을 것 같은 신의 목소리를 지닌 괴물이었다. 가족들에 비해 음악적 소견이 부족한 내가 봐도 충분히 느낄 수 있었다. 음, 어찌 생각하면 선우와 현정이가 나를 유난히 미워하고 질투하는 것도 일리가 있다. 난 그런 아버지의 아들이지만 두 아이는…….

후우, 모르는 게 약이라더니 계속 이상한 생각만 하게 되네. 그러지 말자. 아직 확실한 것도 아니니.

"오늘은 바로 집으로 가거라. 가서 네 어머니를 뵙고 오거라. 이 무정한 녀석, 너는 이렇게라도 안 하면 큰일 생기기 전에는 절대 돌아가지 않을 녀석 아니냐."

"에이, 저 그렇게 무정한 놈 아니에요."

"호호, 집 문제는 걱정하지 마라. 네 삼촌들이 알아서 해준다고 했으니. 용운이, 나도 잘 부탁하네."

"걱정 마세요, 대모님. 자, 그럼 난 슬슬 준비하러 가볼까나? 대모님은 이 녀석을 집으로 잘 실어다 주세요. 잠깐 한눈팔면 주저없이 도망가 버릴 녀석이니 단단히 신경 쓰셔야 할 겁니다."

"점점……."

난 하도 어처구니없어 날 순식간에 무뢰한에 경우도 모르는 놈으로 만드는 두 분의 담화에 미묘한 표정으로 고민했다. 음, 이럴 때는 뭐라고 해야 하나? 나도 한번 화 좀 내봐? 나름 성깔 있는 놈이라 자부하는데……. 내가 그렇게 망설이고 있을 때 용운이 삼촌이 진지한 표정으로 말했다.

"한 가지 충고해 주고 싶은 게 있다."

"네, 삼촌."

나는 자세를 바로 하고 경청의 자세를 취했다. 지금 시점에서 연예계의 절대자의 위치에 오른 삼촌들의 충고는 금과옥조와 같은 것이다. 내 이글이글 불타는 눈빛에 진지하던 삼촌이 픽 웃으며 말했다.

"너에게는 네 아버지인 수호와 같은 절대적인 재능이 없다. 나와 같은 절대 청음의 능력도 없고 수한이 삼촌에게 있는 천재적인 작곡, 작사, 프로듀서로서의 재능도 없어. 성진 삼촌이나 상찬이 삼촌과 같은 개성있는 외모와 음색, 그리고 천재적인 악기 연주 능력도 없고. 넌 평범하다. 일단 전체적인 외향에서만 보면 지독스러울 정도로 평범해. 연예계에서 가장 치명적인 모든 것을 넌 모두 가지고 있어. 우리가 네게 최고 가수로서의 재능이 없다고 평한 것도 바로 그것 때문이야. 인정하겠니?"

"…네."

대답은 어렵게 나왔다.

하지만 난 분명 인정을 한다.

내게는 그런 재능이 없다는 걸. 물론 남들보다 노래도 잘 부르고 음감도 좋고, 어려서부터 삼촌들과 어머니에게 배운 피아노 등의 악기 연주 실력도 어느 정도는 갖췄으니 만약 집안에서 밀어준다면 어느 정도 인기 있는 연예인은 될 수 있을 것이다.

그러나 어중간하게 하려면 애당초 시작하지도 않았다.

외모라도 특출 났으면 어떻게 해보겠지만 그것만은 지독스럽게 아버지를 닮은 탓에 무지 평범하게 생겼다. 그게 지금의 날 가장 좌절하게 하는 요인들이었다.

"하지만 너에게는 다른 한 가지 분명한 장점이 있어. 바로 추진력과 용기, 그리고 리더십!"

"리더십?"

"그래, 리더십! 그건 분명 너에게 큰 힘이 되어줄 거다. 한 가지 충고하마. 매니저를 시작한다고 해서 그것에만 충실히 파고들지 마라. 깨야 해. 기존의 상식을 산산이 부숴 버리고 당당한 선구자가 되어야 네가 원하는 위치에까지 오를 수 있으리라 확신한다. 너만의 길을 찾아라. 안주하려 하지 말고 항상 생각하고 또 움직여. 그래서 찾아라. 네가 원하는 것을."

"아……."

"선구자의 길은 힘들다. 누구나 할 수 있는 건 아니다. 하지만 포기하지 않고, 누가 뭐라고 해도 계속 연구하고 또 도전한다면 길은 반드시 열릴 것이라 생각한다. 예로부터 하늘은 스스로 돕는 자를 돕는다고 하지 않았더냐?"

"……!"

가슴이 두근거린다.

도전.

그리고 내가 가야 할 나만의 길.

"넌 세계를 제패한 프론티어의 아들이다. 우리가 했다

면 너도 할 수 있다. 한번 타협하기 시작하면 끝이 없으니 힘들더라도 절대 안주하려 들지 말고 네 자신의 편안함에 귀를 기울이려 하지 마라. 그 모든 것을 뛰어넘을 때, 그때야 비로소 너는 네가 원하는 것도 이룰 수 있을 것이고 또한 그 이상의 기쁨을 맛볼 수 있게 될 것이다. 그것이……."

그리고 삼촌은 웃으며 내 평생에 잊을 수 없는 한마디를 남겼다.

"우리가 평생을 믿고 걸어온 신념이었다. 이제 그 신념이 너에게도 함께하기를 바란다. 알겠니?"

"…네, 삼촌."

난 결심의 표정으로 고개를 끄덕였다.

마음속에서 타오르는 작은 불씨.

그날 난 평생을 잊지 못할 큰 선물을 받게 되었다.

"불씨라……."

대모님이 내준 검정색 세단을 타고 나는 오랜만에 본가로 향했다. 두근거리는 가슴. 사실 그렇게 쳐다보기 싫었던 곳이지만 동시에 너무도 그립기도 했던 곳이다.

집.

언젠가는 모든 생물이 돌아가야 할 영원한 안식처.

"다 왔습니다, 도련님."

곧 경호원 아저씨 한 명이 문을 열어주었고, 난 터질 것 같은 심장을 애써 가누며 차 밖으로 나왔다. 곧 서양식의 성을 작게 축소해 놓은 듯한 대저택이 눈에 들어왔고, 기다리고 있었는지 웃으며 다가오는 집사님을 보며 난 팔을 벌려 껴안았다.

"아저씨, 오랜만이에요."

"건강하셨군요. 정말… 기다렸습니다, 도련님."

검은 정장에 외눈의 돋보기를 낀 노신사. 하얗게 샌 머리를 곱게 빗어 넘긴 그의 외향에선 세월과 처절했던 경험이 가져다 준 위엄이 물씬 풍겨나고 있었다. 눈앞의 남자가 바로 대한 그룹의 총 비서실장이자 평생을 우리 가문에 헌신해 온 총집사장 이용균 집사였다.

더불어 내 어린 시절을 지켜준 실질적인 아버지와도 같은 분이었다.

"뭘요. 집사님도 아직 정정하신 것 같아 다행이에요. 에휴. 그래도 주름은 어쩔 수 없나 보네요."

"하하하! 어떤 아들이 어지간히도 속을 썩여야 말이죠. 어쨌든 이렇게 얼굴을 보여주시니 이제 좀 속이 시원합니다."

"하하! 앞으로는 많이 시원하게 해드릴게요. 어머니 안에 계시죠?"

"네. 도련님 오신다는 소식에 방금 들어가셨습니다. 어서 들어가시지요."

"네."

곧 문이 열리며 나와 집사님은 안으로 들어갔다. 대모님이 보내신 세단은 머리를 돌려 돌아갔고, 난 애써 마음을 담담하게 가라앉히며 저택으로 향했다.

똑똑.

"사모님, 유빈 도련님께서 오셨습니다."

"들어오라고 하세요."

딸깍.

안으로 들어가자 바닥에 깔린 붉은 카펫과 함께 옛 귀족가의 저택을 연상시키는 화려한 백색 장막의 넓은 침대, 투명한 샹들리에와 더불어 그 중앙의 황금빛 의자에 앉아 있는 긴 생머리의 미녀가 보였다.

이제 사십대라는 불혹의 나이에 접어들었지만 외향은 아직도 여느 20대 미녀들에 못지않은, 세상에서 내가 가장 사랑하는 여인.

나의 어머니.

"왔니?"

예의 신비하면서도 따스한 미소를 지으며 어머니는 언제나처럼 나를 반겨주었다. 그러나 분명히 예전과는 다른 어떤 뭉클함이 존재했다. 두 검은 눈동자에 어려 있는 물기.

"죄송해요. 진작 찾아뵈었어야 하는데……."

그렇게 능글맞고 때에 따라서는 야수보다도 사납고 잔인한 나였지만 어머니 앞에서만큼은 순진한 어린 양으로 되돌아간다. 나는 다가가 어머니 앞에 한쪽 무릎을 꿇고 앉았고, 흰 원피스 치마 위에 올려진 길고 가느다란 손을 잡으며 얼굴로 가져갔다. 곧 내 뺨으로 촉촉한 물기가 떨어졌고, 난 아련하게 죄여오는 마음에 또다시 말했다.

"죄송해요… 엄마."

"건강한 듯하니 다행이구나. 다친 곳은 없었지? 식사는 잘 챙겨 먹었고?"

"네. 전 건강해요."

실질적으로 현 모든 기업들의 정점에 서 있는 대한그룹의 실질적인 지배자인 위대한 여자 기업가.

대모님이 어둠의 세계를 총괄하는 어둠의 여제라 하신다면 어머니는 밝은 세계, 외향적인 세계를 지배하시는 빛의 여제라고 할 수 있었다. 물론 유치하기 짝이 없는 3류 판타지스런 작명이긴 했지만, 사실 현 대부분의 언론사가 두 분을 그렇게 대조하여 칭하고 있으니 나는 할 말이 없다.

그러나 그런 위대한 여자도 내 앞에서는 자식 걱정에 하루도 가슴 졸이지 않을 날이 없는 평범한 어머니일 뿐이다. 다만 평범한 여인들과 다른 것은 누구보다도 아름답고 지혜로우며 그만한 마음의 넓이가 있다는 것이다.

내가 가장 존경하는 사람.

내 어머니.

난 항상 그 이름 앞에 서면 약해지고 낮아질 수밖에 없었다.

"이거… 받으세요."

나도 그렇지만 어머니를 가장 기쁘게 할 수 있는 한 가지를 알고 있다. 그리고 그것은 내 품에 있었다. 난 아버지의 편지를 꺼내 어머니께 건네주었고, 의아해하며 받아 들던 어머니는 곧 내용을 읽기 시작하며 침묵에 잠기셨다.

한참 후,

"그래, 건강히… 잘 있는 것 같구나."

어머니는 작은 미소와 함께 편지를 내게 건네주었다.

난 고개를 저으며 어머니가 가지고 계시라 했지만 그것은 나의 편지이고 나에 대한 아버지의 마음이라며 어머니는 가볍게 거절하셨다.

아버지의 마음.

어머니 앞에 서니 비로소 그것이 절절히 내 가슴에 다가오기 시작한다.

지금 내가 꿈꾸는 것이 있다면 우리 가족 모두가 한자리에 모여 화목하게 웃으며 살아가는 것.

바로 그것이었다.

지금 이 순간, 난 무엇보다 평범하면서도 가장 어려운 그것을 절실하게 꿈꾼다.

지금도 내게 안타까운 미소를 보내시는 불쌍한 어머니를 보면서 말이다.

어머니의 미소를 찾을 수 있다면 난 무엇이든 할 수 있다.

"점심은 아직 안 먹었겠지?"

"네. 대모님이 점심 식사는 가족과 함께하라고 하셨어요. 물론 저도 그러고 싶고요. 선우랑 현정이 녀석들은 집에 있죠?"

"그래. 할아버지도 계시니 먼저 가서 인사를 하고 오너라."

"에… 회사는 어쩌시고요?"

"네가 온다는 말에 모든 스케줄을 취소하시고 안방에서 기다리고 계신다. 자, 함께 가자꾸나."

어머니는 내게 손을 내밀었고, 난 그것을 붙잡고 자리에서 일어섰다. 그전에 해야 할 일이 있다.

"엄마……."

바로 어머니의 채취를 느끼는 것.

난 두 팔을 벌려 힘껏 껴안았고, 얼굴을 품에 묻으며 한껏 그리운 정취를 만끽했다.

"나간 사이에 더 어린아이가 되어서 돌아왔구나."

"엄마한테만 이러는 거예요. 후우, 바보 같은 아버지. 이렇게 아름다운 어머니를 슬프게 하시다니… 만나면 용서하지 않을 거예요. 두고 봐요. 한바탕 욕을 퍼부어줄 테니까."

"그래. 나를 대신해 그렇게 해주렴."

어머니는 웃으며 내 머리를 쓰다듬어 주셨다.

포근해서, 너무도 나른하고 편안해서 이대로 잠들어버리고 싶었다. 하지만 아직 넘어야 할 관문들이 있으니 지금부터 정신을 똑바로 차려야 한다.

"나가죠."

한참 후에야 품에서 떨어진 나는 어머니의 손을 잡고

문밖을 향해 나섰다.

"아버지, 유빈이가 왔어요."

"그래, 들어오너라."

덜컥.

문을 열고 안으로 들어가자 이번에는 비교적 한국의 전통적인 느낌이 물씬 풍겨나는 색채가 온몸을 휘감았다. 벽에 걸려 있는 전통 풍경화를 비롯, 부채와 전통 탈등 하나하나가 오랜 세월의 느낌을 풍겨주고 있음에도 오히려 고급스런 무게감을 간직하고 있었다.

그리고 그 중앙, 산수화가 그려진 병풍 앞에 갈색의 개량한복을 입고 있는 흰 수염의 근엄한 노인이 앉아 나를 직시하고 있었다. 그분이 바로 내 외할아버지이자 한국 기업의 제왕이라 불리는 분, 바로 강정수 총재님이셨다.

그래 봐야 내게는 그저 사람 좋고 매달리기 좋은 자상한 분이시지만 말이다.

"이놈!"

나를 보시자마자한 꾸중. 철이라도 벨 듯 차갑고 날카로운 눈이 고요한 방 안을 내리누르고 내 전신을 베는 것 같았지만 난 아무 내색 없이 어머니와 함께 그 앞에 앉았다. 난 히죽 웃으며 말했다.

"아직도 건강하시네요."

"네놈 때문에 속이 타 죽을 지경이다. 내가 오라고 한 말 못 들었더냐?"

"들었죠. 들었는데 학업 문제도 있고, 이런저런 문제도 있고……."

"아직도 변명만 늘어놓는구나! 내가 어떻게 가르쳤더냐? 남자는 자고로……."

"말이 필요없다. 그저 행동만이 있을 뿐? 알아요. 안다니까요?"

"그런 놈이 감히 내 말을 무시하고 지금에서야 느릿느릿 기어와?"

"아아, 이미 무슨 일이 있었는지는 들으셨을 테니 오랜만에 보는 손자 너무 기죽이시지 마세요. 자꾸 그러면 다시 가출하고 싶어지잖아요."

"뭐, 뭐라고? 이, 이놈이 정말……!"

"워워워, 할아버지! 진정하세요. 그러다가 혈압 높아져 쓰러지시겠어요. 아직 해야 할 일도 많잖아요. 오래 살려면 그저 많이 웃는 게 최고라고 하더라고요."

"끄응! 그놈 참, 누가 제 아비를 닮지 않았다고 할까봐. 그래, 네 말대로 건강한 것 같으니 다행이구나. 어미와 할아비 떠나고 나니 밥이 잘 넘어가더냐?"

"물론이죠. 아주 잘 넘어가던데요?"

"뭣이?"

다시 붉어지려는 얼굴.

난 황급히 능청스럽게 웃으며 뒷말을 이었다.

"물론 집에서 할아버지, 어머니와 함께 먹는 밥맛보다야 못했지만 말이죠. 어후, 벌써 배고프네. 할아버지, 일단 밥부터 먹으면 안 될까요? 오랜만에 여기서 먹죠?"

"쯧쯧, 넉살만 늘었구나. 좋아. 오랜만에 점심 식사는 할아비 방에서 하자꾸나. 가서 선우랑 현정이 좀 불러오려무나! 오랜만에 온 가족이 모여 식사를 하는 것도 좋겠구나!"

"네, 총수님."

할아버지의 외침에 내실을 지키고 있었던 이 집사님이 고개를 숙이며 물러갔다. 에휴. 이래서야 완전 현대판 왕실이나 다름없으니…….

"그래, 네 말대로 네가 어떻게 살았는지 보고를 받긴 했지만 난 버릇없는 손자 녀석 입으로 직접 들어보고 싶구나. 어디 숨기지 말고 그대로 읊어보아라."

"…그냥 보고로 만족하시면 안 될까요?"

"안 돼. 난 네 입으로 듣고 싶다!"

"으으……."

난 표정을 숨기지 않고 귀찮은 기색을 팍팍 풍겼다. 내가 뭐 작가도 아니고, 했던 일상 이야기들을 하고 또 하고 또 하는 데야 귀찮지 않을 도리가 없다. 그 대상이 제아무리 위대하고 지엄하신 외할아버지라 하더라도 귀찮은 건 어쩔 수 없는 거다.

"끄응. 어쩔 수 없죠. 아, 정말 귀찮은데……."

그것을 시작으로 난 몇 번이고 읊조렸던 레퍼토리들을 그대로 이야기했다. 사실 처음 삼촌들에게 말했을 때만 하더라도 내 스스로도 구구절절하게 느껴졌지만 이제는 남의 이야기를 하는 것처럼 담담하기 그지없다. 그러나 듣고 있는 어머니와 외할아버지는 그렇지 않았는지 극심한 감정의 변화를 보여 이상하게 나를 뿌듯하게 만들어 주었다. 마지막으로 편지까지 보여줘서야 할아버지의 표정이 굳어졌다.

"아범이 집안을 버리고 쫓겨 다녀야 할 정도의 단체라면… 흐음, 설마 그곳이란 말인가?"

할아버지는 뭔가 짐작이 가는 게 있는 모양이었다.

어머니 역시 고개를 끄덕이며 '그곳'이라는 곳에 대해 이야기를 나누시며 나에게 알 수 없는 소외감을 느끼게 했다. 곧 할아버지가 나를 보며 심각한 표정으로 말했다.

"네가 뭘 하려 하는지 알겠지만 조심해야 할 게다. 그 오비파라고 하는 놈들, 최근 우리나라 시장을 연예계부터 잠식하기 시작한 그 녀석들임에 틀림없다. 내 생각에는 국내에 폭력 조직으로 뿌리를 내린 뒤 기획사들을 인수하려는 것 같구나."

"일종의… 문화 침투라는 건가요?"

"잘 알고 있구나. 현 세대의 문화를 대표하는 아이콘은 분명 방송가, 즉 연예계라 할 수 있다. 녀석들은 이미 각국에 그런 움직임을 보이고 있었고, 우리나라에도 예전부터 조금씩 침투를 시작하고 있었지. 지금은 연예계의 3/1을 제외하고 대부분의 영역을 확보한 것 같은데… 조심해야 할 게다. 네가 가는 길이 결코 쉬운 길은 아닌 듯싶구나."

"아……."

역시 할아버지였다.

괜히 지금의 대한그룹을 일군 대한민국 기업의 제왕이 아닌 것이다. 그러나 그런 할아버지 역시 긴장할 정도면 아무래도 내가 원수로 생각하는 이들은 결코 평범한 단체가 아닌 듯싶었다.

"요즘은 기업가에서도 그들을 주목하고 있단다. 다만

그 침투 방식이 함부로 손을 쓸 수 없을 정도로 너무도 조용하고 정당한 방식으로 이뤄지고 있는 터라 어쩔 수 없이 지켜만 보고 있던 터였는데… 어쩌면 네 애인인 민아라는 아이의 죽음도 그와 연관 지을 수 있겠구나."

"그게… 무슨 말이죠?"

"쉽게 말하면 이런 거다. 그 아이는 그 단체가 은밀히 행하던 더러운 것들을 보았고, 그래서 그들은 자살을 가장하여 그 아이를 죽일 수밖에 없었던 거다. 실상 그 아이는 자살이 아니라 살해를 당했다라고 한다면… 으음, 확실히 염두에 둘 만한 일이구나. 로즈 엔터테인먼트라……. 어멈아, 한번 그들에 대해 조사해 보도록 하려무나. 외국 기업이 그들의 뒤에 있다면 틀림없이 내 추측이 어느 정도는 맞아 돌아가는 면이 있을 테니 말이다."

"네, 아버지."

어머니 역시 심각한 표정으로 대답했다. 그 후로도 두 분은 여러 이야기를 나눴지만 내 귀에는 하나도 들어오지 않았다.

자살이라고 생각했던 민아가 사실은 살해당한 것일 가능성이 크다고?

아버지를 쫓고, 나를 때렸고, 그리고 용운이 삼촌을 괴롭히고 있다는 그 정체불명의 외국 단체에게?

"하, 하지만 그 아이는 그저 일개 연예인이었을 뿐인데요. 일기장에도 자살 이유를 분명히……."

계속 더럽혀지는 게, 가족들에게, 그리고 나에게 너무도 미안해서 스스로에 대한 혐오감을 참지 못하고 죽었다는 게 내가 짐작하는 자살의 이유였다. 한데 사실은 그게 아닐 수도 있다니, 그리고 그 모든 것이 우리 주변을 괴롭히던 그 모종의 단체 짓일 가능성이 크다니 세상일이 어찌 이리 공교로울 수 있단 말인가?

"짐작일 뿐이니 너무 심려 말거라. 물론 앞으로 그쪽 일을 하려 한다니 각오는 해둘 필요는 있겠지만. 허허, 재섭 그 친구가… 허허허."

할아버지도 알고 있다니…….

이렇게 되니 점점 더 노인의 정체가 궁금해진다.

그 노인, 성은 모르지만 재섭이라는 이름을 가진 그 노인은 과연 정체가 무엇일까? 나에게 접근한 이유는? 그리고 민아는 과연 자살일까, 타살일까?

그렇게 머리를 싸매 쥐고 고심하는 동안 큰 상에 차려진 점심 식사가 나왔고, 나는 복잡한 심경 속에 할아버지의 말을 듣는 둥 마는 둥 하며 식사를 마쳤다.

"…왔구나."

"오빠."

식사를 마치고 내 방으로 향하던 나는 방문 앞에서 기다리고 있던 선우와 현정이를 만날 수 있었다. 이전에는 알지 못하던 정보를 들은 뒤에 만났기 때문인지 두 사람을 만나는 게 이전처럼 지긋지긋하다거나 하지는 않았다.

왠지 기분이 묘했다.

"내 방에 들어가서 이야기하자."

난 오랜만에 내 방문을 열며 두 사람을 안으로 초청했다. 둘은 말없이 방 안에 들어와 소파에 앉았고, 난 넓은 침대에 앉은 뒤 조심스럽게 입을 열었다.

"너희들이 나한테 무슨 말을 하고 싶은지 알겠지만……."

"안 돌아오겠다면서 왜 왔어?"

날카로운 선우의 물음. 평소였다면 내 말을 자르고 들어온 선우의 괘씸한 행동에 한마디를 해줬겠지만 지금은 이 모든 행동이 선우의 외로운 발악과도 같이 느껴졌다. 그래서 난 그저 안쓰러운 표정으로 두 사람을 바라봤다. 내 표정을 읽었는지 현정이가 말했다.

"오빠, 알았구나. 그렇지?"

"…뭘?"

"우리가……."

내가 시치미를 떼며 묻자 현정이는 망설이다가 말했다.

"오빠와 사실은 남이라는 거……."

"……."

짐작은 했지만 역시 이 아이들은 알고 있었다. 내가 말없이 수긍하자 선우가 더욱 불쾌한 표정으로 외쳤다.

"그런 표정 짓지 마! 차라리 숨기지 말고 당당히 비웃으라고! 당신네 가문과는 아무런 상관도 없는 외인 주제에… 그동안 형을 구박하고 가문의 후계를 잇기 위한 무모한 욕심을 부렸다고 말이야!"

"……."

이것 역시 대모님과 용운이 삼촌의 짐작이 맞았던 모양이다.

두 아이들의 부모는 우리 부모님이 아닌 것이다.

"형이 돌아왔을 때 미리 짐작하고 있었어. 형이 모든 걸 알고 왔다고 말이야."

"잠깐, 네가 좀 착각한 게 있는데……."

"내 말 아직 안 끝났어!"

후우! 이쯤 되면 더 이상 나도 참을 수 없다.

그동안 서로를 등한시했던 큰 진실이 밝혀진 이상 나

는 어떻게든 그것에 얽힌 복잡한 관계를 풀고 어린 시절의 그 사이좋은 형제로 돌아가기 위해 노력을 해야 할 이유가 있다.

"나도 아직 안 끝났으니 닥쳐! 그 잘난 손모가지를 꺾어버리기 전에!"

"……!"

나에게서 처음으로 듣는 폭언.

두 사람은 멍한 표정을 지었다.

아마 두 사람은 모를 것이다. 내가 대모님이 속한 적호문의 사람들과 어울리며 어떤 성질로 어떠한 시절을 보내왔는지. 다만 책과 씨름하며 후계를 잇기 위해 오직 공부만 했던 두 사람은 이런 내 모습을 처음 보는 것일 터이다.

난 다시 한 번 살기를 담아 나지막한 목소리로 말했다.

"사정을 모두 알았다 해서 너희 두 사람을 쫓아내기 위해 온 게 아니야. 그리고 이 기회에 잘 들어. 너희들이 나에 대해 어떤 적대감을 가지고 있는지는 모르겠지만 그래도 지금은 닥치고 들어. 내가 지금부터 하는 말은 모두 진실이니까."

난 그렇게 말하며 두 사람의 표정을 살폈다.

두 사람은 굳은 표정으로 내 말을 경청하고 있었다. 아직도 적대감과 불안감을 버리지 못한 채로 말이다.

어리석은 녀석들. 설마하니 내가 사실을 알면 자기네들을 집에서 쫓아낼 것으로, 자신들의 자리가 없어질 것으로 생각하고 있었단 말이야? 멍청해도 저렇게 멍청할 수가 있다니…….

"피는 물보다 진하다. 분명 가족 관계를 구성하는 데 제일 앞서는 것은 혈연관계야. 그건 변하지 않는 사실이지. 하지만 그거 알아? 피보다 더 진한 게 있다는 거?"

"……."

역시 대답을 하지 않는다. 하지만 녀석들은 내 물음의 진위도 아직 파악을 하지 못하고 있는 듯했다. 답도 모르는 것 같고 말이다.

난 당당히 말했다.

"그건 바로 마음이다. 입양아들을 일컬어 마음으로 낳은 아들이라는 말을 하곤 하지. 상황이 좀 안 맞긴 하지만 나도 지금 이 자리에서 너희들에게 분명히 말하고 싶은 게 있어. 너희들과 나, 우리 세 남매는 피보다 더욱 진한 마음으로 맺어진 가족이라는 것. 천지가 개벽하고 세상이 뒤집어지는 일이 있어도 그건 절대 변하지 않는 사실이다. 다시 분명히 말해두겠는데, 누가 뭐라고 해도 너희들은 내 가족이고 사랑하는 동생들이야. 가능하다면 내 모든 것을 주고 싶을 정도로 말이야. 알아들었어?"

"……!"

아이들은 놀란 표정을 지었다.

한 번도 들어보지 못했을, 그러나 마음속 깊은 곳에서는 간절히 바랐을 말이었을 것이다. 난 진심을 담아 말했다.

"난 너희들을 보살펴 왔고 너희들은 사실 내 동생이라기보다는 자식 같은 놈들이야. 혈연? 그게 그렇게 중요해? 그게 중요할 것 같았으면 진작 외할아버지와 어머니는 너희 두 사람을 내다 버렸을 거다. 하지만 너희들은 오늘날 지금 이 자리에 있어. 그게 뜻하는 게 뭐겠어? 전혀 걱정할 거 없다는 거야. 너희들은 내 가족, 우리는 한 가족이라는 거 말이야."

"……."

"선우 너는 대한그룹을 잇고 싶었겠지. 하지만 자신이 사실은 우리와 혈연관계가 없다는 걸 알았을 거야. 그래서 불안했을 것이고 내가 하루빨리 집을 나가서 전혀 상관없는 사람이 되기를 바랐을 거야. 맞아, 틀려?"

"……."

"솔직하게 까놓고 이야기하자고. 내가 너 쫓아낼까 봐,

가족들이 너희 두 사람 필요없다고 할까 봐, 너희들은 아무런 존재적 가치가 없는 아이들이라고 할까 봐 불안했던 거 아냐? 그래서 그동안 그렇게 삐뚤게 날 대했던 거고!"

"……!"

내가 소리 질러서 놀랐는지 아니면 정곡을 찔러서 놀랐는지, 두 사람은 눈을 동그랗게 뜬 채 아무 말도 못하고 있었다. 난 다시 한 번 확실히 못박아둬야겠다 싶어 아이들에게 말했다.

"다시 한 번 마지막으로 확언해 두는데, 무슨 일이 있어도, 세상이 설령 너희들에게 손가락질을 한다 해도 나와 어머니, 우리 가족은 반드시 너희들의 편이 되어줄 거다. 천재라서가 아니라 난 너희 둘을 진심으로 자랑스럽게 생각하고 있고, 외할아버지와 어머니의 뒤를 이어 대한그룹을 떠받칠 수 있는 사람은 너희 둘뿐이라 믿어. 난 그런 것에 관심도 없다. 그렇지 않아도 대모님이 계속 자신의 뒤를 나보고 이으라고 닦달 중이신데 난 그것만으로도 벅차다고. 알았어?"

"오빠……."

"명색이 세계에서 천재라고 공증받은 것들이 왜 이리 마음은 소심하고 좁아? 난 내 길이 있고 반드시 해야 할 의무가 있어. 비록 내 스스로 정한 것이긴 하지만 내가 평생을 바쳐서 이뤄야 할 것들이야. 난 그걸 생각하는 것만으로도 정신없는 사람이라고. 대한그룹은 너희들 거야. 이미 두 분 어르신도 심중으로는 그렇게 결정을 내리고 계셨어. 그걸 내가 어떻게 아냐고? 당연하지! 애당초 그런 뜻이 없었다면 내가 나가 사는 것 자체를 허락하지 않으셨을 테니까!"

"······!"

두 사람은 또다시 충격받은 표정을 지었다.

그런 것에 대해선 한 번도 생각을 못해본 것 같았다.

난 이쯤에서 슬슬 대화를 끝내야 한다는 것을 느끼곤 마지막으로 하소연을 하듯 외쳤다.

"그러니까 결론은, 무슨 일이 있어도 너희 건방진 쌍둥이 놈들은 내 동생이고 가족이니까 날 경계할 필요가 없다 이거야. 알았어? 아, 젠장! 소리쳤더니 피곤하네. 난 주방에나 가볼 테니 알아서 반성하고 있어!"

난 방을 나선 다음 세차게 문을 닫아버렸다.

어느새 창밖에는 어둠이 쏟아져 내리고 있었다.

그렇게 일주일이라는 시간이 흐르는 동안, 말 그대로 나는 세상 물정 모르고 푹 쉴 수가 있었다. 학교가 좀 마음에 걸리긴 했지만 대충 사람 없이 혼자 이사를 하다 보니 일이 늦어져 어쩔 수 없었다고 변명해야 했다. 물론 결석은 /자유였기에(무슨 의미의 자유인지?)/ 삼 일 이후부터 출석 일수가 깎이는 건 감당해야 했지만 그건 어쩔 수 없는 문제였다.

난 학교를 나가려 했지만 외할아버지와 어머니가 도저히 내보내주지를 않았으니까.

선우와 현정이와의 관계에도 살짝 변화가 생겼다.

물론 꽤 오랜 시간 벽을 쌓고 지내왔기에 그것이 당장 허물어지지는 않았지만 적어도 두 사람의 눈에 예전과 같은 적대감이나 불안감이 사라진 것 정도는 읽을 수 있었다. 아마 마음을 솔직하게 표현하지 못하는 두 녀석의 특성 탓일지도 모르겠다. 조금만 더 시간이 지나 내가 먼저 마음의 문을 열고 다가가게 되면 머잖아 관계는 회복되리라 생각한다.

어린 시절, 그 누구보다도 서로를 믿고 아꼈던 그때처럼.

그렇게 일주일의 시간이 지나 용운이 삼촌에게 이사를 끝냈다는 연락이 왔다. 난 어머니와 함께 차를 타고 삼촌이 알려준 주소로 찾아갔고, 곧 우리 집이나 대모님 저택보다는 못하지만 언뜻 60평 정도는 될 것 같은 멋진 단독주택 앞에 도착할 수 있었다.

"이사를 축하한다. 앞으로 이곳이 네가 살 집이다. 멋지지?"

"……."

난 말없이 마중 나온 두 명의 삼촌을 바라보았다. 용운이 삼촌과 성진이 삼촌.

후우, 설마 설마 했는데 이렇게 위험할 정도로 크고 아름다운(?) 집이라니……. 확실히 고교생 혼자 살기에는 너무나 엄청난 집이다.

아, 그 할아버지도 같이 살 테니 그나마 좀 낫겠구나.

"수고가 많으셨어요. 우리 아이를 위해 힘써주셔서 정말 고마워요."

"하하, 뭘요. 유빈이 녀석이 어디 남인가요?"

"그래도 바쁘신 분들인데……."

평소 성격이 활달하고 장난기가 많은 성진이 삼촌이 넉살을 떨었지만 어머니는 감사하다는 표정을 감추지 못하셨다. 어머니는 이 단독주택이 너무도 마음에 드신 모양이다. 하긴 이 정도면 다니던 학교에서 그리 멀지 않겠다, 시내 중심이니 내가 문단속만 잘하면 도둑 들 일도 없을 테고, 무엇보다도 본가에서 가까우니 어머니가 손쉽게 왕래할 수 있다는 장점이 있다. 그런 점에서는 나도 좋았다.

"봐야 할 게 많다고. 여기서 놀라면 안 되지. 안 그래, 용운이 형?"

"물론이지. 완공하고 나서 우리도 무척 마음에 들었으니 말이다. 어서 들어가 보자꾸나."

삼촌들의 말에 어머니는 내 손을 꽉 잡고 자신이 더 흥분되시는 듯 걸음을 빨리했다. 나 역시 잔뜩 기대하며 두근거리는 가슴을 안고 안으로 들어갔다.

"제일 먼저, 이곳은 객실이야. 요즘 생각한 게 유빈이 네 녀석의 정서가 좀 메마르고 불안정한 것 같아서 포근하고 밝은 색들로 화창한 분위기를 연출해 봤지. 푹신한 베이지색의 소파들과 당장이라도 껴안고픈 느낌이 나는 크고 작은 소파들, 그리고 각종 인형. 너, 아는 여자 아이들 많지?"

"크흠!"

날 짓궂은 눈으로 바라보는 성진이 삼촌의 시선을 피하며 난 헛기침을 내뱉었다. 용운이 삼촌과 어머니는 작게 소리 내어 웃었고, 성진이 삼촌은 옆구리를 쿡쿡 찌르며 말했다.

"다 들었잖아, 녀석아. 어쨌건 그 아이들이 밤이 깊어도 푸욱 눌러앉고 싶을 만한, 그런 멋진 객실을 완성해 봤다. 심심하면 벽걸이 티브이를 켜서 보고 싶은 거 봐도 되고, 아니면 홈시어터 이용해서 영화 관람을 해도 된다. 아, 저기에 고전부터 최신식 DVD들을 가져다 놨고 게임기도 완비했으니 얼마든지 즐겨도 좋단다. 저건 내 선물이다. 마음에 드니?"

"와! 게임기? 마음에 들어요! 최고예요!"

"하하하!"

사실은 그냥 그렇다. 내가 워낙에 게임이나 그런 것들과 친숙하지 않기 때문이다. 솔직한 심정으로는 좀 얼떨떨하달까? 그러나 그런 내색을 보이기에는 성진이 삼촌의 정성이 너무도 감동적이었기에 난 기쁘게 표현해 주었다. 물론 내가 이런다고 삼촌이 내 심정을 모를 리 없겠지만 말이다.

삼촌은 더욱 들떠 이번에는 통로로 이루어진 갈색 문 앞에 서서 말했다.

"자, 그러다가 가끔 소변도 마렵고 씻고 싶을 때가 있겠지? 그러면 여기를 사용하면 되는 거야. 바로 욕실 겸 화장실! 짜잔~!"

오오!

난 욕실을 보고 감탄하지 않을 수가 없었다. 세상에, 이렇게도 넓고 호화스러운 욕실이라니!

"음, 우선 연인이랑 같이 들어갈 수 있도록 탕 넓이도 적당하게 해놨고 단순한 사각은 좀 삭막하니까 원형으로 해봤어. 아, 그 옆 선반에 보면 크고 작은 병들 있지? 허브랑 장미 꽃잎을 비롯해 욕실에 풀어 쓰면 좋은 것들이니까 아껴서 쓰도록 해. 아, 여기 있는 용머리 꼭지 돌리면 오른쪽은 뜨거운 물, 왼쪽은 차가운 물이 나올 거야. 멋지지?"

"아아……."

바닥은 일반적으로 흔히 쓰이는 흰색의 타일이 아닌 밟는 것만으로도 황송할 지경인 금빛이었다. 거기에 장미 무늬가 여러 면에 걸쳐 하나로 새겨져 있으니…….

"거기 유리문 열면 변기 있어. 비데도 온도 조절 및 여러 기능이 추가되어 있는 최신식으로 맞춰놨고, 화장지도 느낌 좋고 향기 좋은 것으로 가득 쌓아놨다. 마음에 드니?"

"마, 마음에 드는 건 둘째 치고… 이, 이거 좀 비싸지 않나요?"

"하하하! 이 정도야 우리 조카를 위해서라면 백 개도 더 만들어줄 수 있지. 삼촌 돈 많으니 걱정 말거라. 네가 평생 살 집인데 이 정도는 해줘야지."

"그래도… 너무 감사하고 죄송스러워서……."

"자식, 아직 감탄하기에는 일러. 그럼 이번에는 손님 전용 방으로 가보자. 너 앞으로 손님들 많이 받을 테니 두 개 정도 마련해 봤다. 방은 2층에 있다. 어서 올라가 자."

아직도 이르다니, 대체 어느 정도까지 대단하기에…….

난 한숨을 쉬며 삼촌들과 어머니의 뒤를 따랐다.

그리고 삼촌의 호언장담대로 크게 놀라게 되었다.

간단히 우리 집에 대해 설명하면, 2층 집에 지하에 내 전용 녹음실 겸 노래 및 악기, 춤을 위한 공용 연습실에 마련되어 있었다. 전문 스튜디오에서 쓰는 수많은 장비들과 생소한 설비들을 보며 난 정말이지 넋을 잃어야 했다. 크고 넓은 내 방을 포함한 2층의 방들도 참 마음에 들었지만 무엇보다도 나만의 작업 공간이 생겼다는 것에 너무도 만족스러웠다.

더욱이 두 삼촌이 힘을 다해 설치해 준 곳이니만큼 그 가치는 여러모로 큰 것이었다.

"우리 왔다~!"

"휘유~ 대단한데? 여기가 유빈이 집이란 말이지?"

저녁이 되자 수겸이 삼촌과 태희 이모가 도착하셨다. 두 분은 손에 먹을거리를 잔뜩 싸 들고 오셨는데 그로 인해 우리는 때 아닌 집들이 축하 파티를 하게 되었다.

그날 밤이 깊어질 때까지 웃음소리와 이야기꽃은 시들지 않았다.

다음날에야 간신히 시간 맞춰 일어난 나는 교복을 입고 학교로 향했다. 새집에서의 첫 등교다 보니 기분이 묘했다. 왠지 처음 고등학교에 등교하는 기분이랄까? 생소하면서도 아련한 그런 감정들이 걸음을 옮기는 내내 나를 지배했다.

그러나 그것은 교실에 들어서는 순간, 정확히 말하자면 우형이를 만나 모종의 소식을 듣는 순간 완전히 박살 나고야 말았다.

"너 어디 갔었어? 네가 없는 동안 무슨 일이 벌어졌는지 알아?"

"뭔 일이 있었는데?"

난 대수롭지 않게 물었지만 다음에 들려오는 말은 상상 이상의 것이었다.

"미란이와 수진이, 그 아이들에게 완전히 깨져 버렸다."

"…뭐?"

무슨 소리야, 이게?

난 너무 어처구니가 없어 웬 뜬금없는 말이냐는 듯 우형이를 바라봤다. 그러고 보니 주변의 같은 반 녀석들도 애매한 표정으로 날 바라보고 있었다. 깨져? 무슨 소리야? 설마 내가 생각하는 그런 종류의 것은 아니겠지?

그런 내 짐작에 화답하듯 우형이가 열을 내며 설명했다.

"네가 없는 동안 우리 학교의 양아치 년들이랑 일진 자식들이 널 얼마나 찾았는지 알아? 특히 3학년 오영환 선배, 그 선배가 널 찾았단 말이야."

"그래서, 그게 두 아이랑 무슨 상관인데?"

"상관있지! 알고 보니 너에게 완전히 밟힌 우리 반 여자 애들 중 한 명이 그 오영환 선배 여동생이었더라고. 장난 아니야. 그 지지배가 어찌나 닦달을 하던지… 결국 여자 애들이 일진 놈들 잡아끌고 1학년 교실로 몰려가서 완전히……. 어제 있었던 일인데 아마 한동안 학교에 못 나올지도 몰라. 듣기에는 그 계집애들이 두 여자 애 둘러싸고 완전 처절하게 보복했다는데……."

콰당!

난 그 말을 들은 순간 참지 못하고 밖으로 뛰쳐나가고

말았다.

지금 누가 누굴 건드렸다고?

어떻게 어떤 방식으로 건드려?

누구를? 감히 내 여동생 같은 그 두 아이를?

으드득!

저절로 이가 갈렸다. 난 미친 듯 달려 그 아이들의 반인 1학년 3반으로 들어갔고, 마침 칠판을 지우고 있던 당번 여자 아이 한 명을 붙잡아 물었다.

"미란이, 미란이 어디 있니?"

"네? 어제… 보셨잖아요."

"못 봤으니 묻는 거 아냐! 어디 있어?"

"그, 그게……."

내 기세에 겁먹은 여자 아이가 횡설수설하며 어제 벌어졌던 일을 설명하기 시작했다.

간단히 요약하면 이랬다.

1교시 전, 쉬는 시간에 난데없이 2학년 여자 양아치 년들과 함께 학교 일진들이 들어왔고, 서로 이야기하고 있던 두 사람의 머리채를 붙잡아 보기에도 아찔할 정도로 둘러싸고 몰매를 놓았다는 것이다. 선생님이 오기 바로 전에 그 아이들은 도망가듯 교실을 벗어났고, 그 후 선생님에 의해 두 아이는 병원으로 후송되었다.

"이런 개새끼들!"

쾅!

결국 화가 폭발한 나는 있는 힘을 다해 칠판을 후려갈 졌다. 울분이 머리끝까지 치솟는 것 같았고 가슴이 부글 부글 타올랐다.

"죽여 버리겠어!"

난 크게 소리를 지른 다음 다시 우리 반 교실로 뛰쳐 올 라갔다. 그리고 뒷문을 거칠게 연 다음 양아치 년들을 찾 았는데…….

"제길! 학교 안 나온 거야?"

그 계집애들의 자리는 깨끗하게 비어 있었다. 꼴이 오 늘 학교에 나오지 않은 듯했다.

"이우형! 그 일진 개새끼들, 오늘 학교 나왔냐?"

"아, 아니. 안 나왔는데?"

"빌어먹을! 그럼 있는 곳 알아?"

"내가 어떻게 알아?"

"제길! 아는 사람, 그 개새끼들이 있을 만한 곳 아는 사 람 있어?"

웅성웅성.

내가 소리 지르며 물음을 던지자 비로소 정적으로 가 득하던 교실이 소란스러워지기 시작했다. 그러나 고개를 흔드는 것으로 봐서는 아는 사람이 아무도 없는 듯했다.

그때 우형이가 내게 말했다.

"그보다는 그 아이들이 있는 병원에 가보는 게 우선 아닐까? 한번 양호선생님께 물어봐. 담임선생님께는 내가 사정을 잘 말씀드려 볼 테니."

"…알았어. 고마워."

난 그렇게 말하고는 거친 걸음으로 1층에 있는 양호실로 향했다.

"44병동 15호실이라고 그랬지?"

아이들이 있는 곳은 학교에서 조금 떨어진 큰 종합병원이었다. 한참을 헤매던 끝에 난 겨우 두 아이가 입원한 병실을 발견할 수 있었다.

"이럴 수가……."

말 그대로 처참했다.

잠들어 있었기에 망정이지, 그렇지 않았다면 아마 내 방문을 필사적으로 거부했을 만큼 두 아이의 얼굴은 정말 처참했다. 간호사에게 물으니 절대적인 안정을 위해 일시적으로 수면제를 투여했다고 한다. 그 말을 들으니 더욱 기가 막히고 울분이 솟았다. 그 말은 그렇게 해야 할 정도로 두 아이가 정신적으로도 큰 충격을 먹었다는 말이 성립되기 때문이었다.

"개… 새끼들!"

일진, 그리고 그 양아치 년들.

난 나 나름대로 그 아이들에게 다시는 보복할 엄두를 내지 못하도록 처절하게 혼내줬다고 생각했는데 그것도 아닌 모양이었다. 명백히 내 실수였다. 두 번 다시 일어서지 못하도록 완전히 밟아줬어야 했는데…….

"제길!"

결국 더 이상 지켜볼 수 없었던 난 그대로 병실을 뛰쳐나오고 말았다.

내가 제일 먼저 찾아간 곳은 학교 뒤뜰이었다. 그곳은 좀 논다 싶은 아이들이 땡땡이를 치고 싶을 때 많이 몰려오는 곳이었으니 말이다. 그러나 그곳에는 아무도 없어 살짝 허탈했지만, 난 포기하지 않았다. 다음에 내가 뒤지기 시작한 곳은 근방에 있는 PC방이었다. 사실 고딩들이 땡땡이 치고 돌아다녀 봤자 그들이 학생 신분으로서 갈 수 있을 만한 곳은 엄연히 한정되어 있었다. 그중 PC방은 내가 생각하는 제일의 도피처였다.

"제길!"

그러나 내 예상을 깨고 그곳에도 그들은 없었다. 마지

막으로 허름한 PC방 한곳이 눈에 띄었지만 이미 열 군데 정도를 뒤져서 허탕을 친 터라 들어가기가 살짝 망설여졌다. 그러나 그곳에 있는데 지나치게 된다면 그것도 명청한 일이다. 난 즉시 안으로 들어갔고, 연기가 자욱한 내부를 보고 나서야 확신할 수 있었다.

이 녀석들이 있는 곳이 바로 이곳이라고.

"하하하! 병신아! 거기서는 나이프를 썼어야지! 뒤져라! 용서 따위는 없다!"

"아악! 자, 잠깐! 잠깐만 기다……."

"웃기지 마!"

"으아아악!"

"호호홋!"

여기저기서 터져 나오는 리얼한 비명 소리와 총소리, 그리고 내 피를 끓게 하는 익숙한 웃음소리.

"찾았다."

그 주인공들을 멀찍이서 확인한 나는 조용히 미소를 지었다. 그리고 한 줄에 앉아 컴퓨터를 하느라 낄낄대고 있는 놈들 중 익숙한 놈인 거한이라는 녀석의 뒤로 가 그의 의자에 상체를 기대고 조용히 물었다.

"땡땡이 치고 게임하니 재미있냐?"

"뭐? 어떤 놈……."

퍼억!

그러나 녀석의 말은 끝까지 이어질 수 없었다. 고개를 돌리는 즉시 내가 아구창을 후려갈겼기 때문이다.

"꺄악!"

그제야 사태를 파악하고 나를 발견한 아이들, 특히 여자 애들이 비명을 질렀다. 주춤거리는 계집애들은 향해 난 스산한 눈으로 씹어 삼키듯 말했다.

"도망만 가봐. 반 죽여 버린 다음 창녀촌에 팔아버릴 테니까."

"……!"

경악하는 계집들.

난 한쪽 입꼬리를 올려 참을 수 없이 터져 나오는 분노에 오히려 미소를 지었다. 거한이 녀석, 일찍이 내게 당한 게 있었던 탓인지 맞은 아구창을 부여잡으면서도 주춤주춤 물러서며 함부로 덤비거나 화낼 생각을 하지 못했다. 녀석이 그 짝이니 다른 놈들도 애당초 내게 맞설 생각을 못한다. 결국 이런 정도가 고딩 양아치 놈들의 한계였다.

"따라와, 이 개새끼야."

"윽!"

난 녀석의 머리끄덩이를 움켜쥔 뒤 질질 끌고 걸음을 옮겼다.

"놔! 놔! 놔, 이 새끼야!"

뒤늦게야 녀석이 반항을 시작했지만 그래 봐야 내 분노에 기름을 퍼붓는 꼴밖에는 되지 않는다. 안 하느니만 못하다는 거다. 죽음을 재촉하고 있다랄까?

"그놈 참······."

난 잠시 제자리에 멈춰 녀석을 보고 혀를 찼다. 그리고,

"무지 시끄럽구먼!"

빠각!

그대로 몸을 날려 두 손으로 녀석의 뒤통수를 부여잡고 그대로 안면 니킥을 날려 버렸다.

"꺄아악!"

"저, 저 미친 새끼!"

그러자 여기저기에서 비명이 터져 나왔다. 난 귀를 후비며 코피를 비 오듯 쏟아내고 있는 녀석의 머리를 짓밟고 말했다.

"인간 같지도 않은 년들, 니들 이리 와."

"뭐, 뭐라는 거야?"

"싫어! 내가 왜 가?"

"웃겨! 네가 뭔데 오라 가라 해?"

아직 상황 파악을 못하는 건지, 계집년들은 뒤로 주춤거리면서도 나를 비웃었다. 난 더더욱 끓어오르는 울분

을 애써 가라앉힌 채 조용히 물었다.

"내가 왜 그러는지 몰라서 물어?"

"몰라! 뭐야, 쟤?"

"갑자기 나타나서 폭력질이야! 너 깡패야?"

"아저씨! 여기 이 새끼 좀 끌고 나가주세요! 미친놈이
에요!"

상황 파악 못하는 것도 모자라 이제는 오히려 자기들
이 화를 내며 개념없는 망발도 서슴지 않는다. 좋아. 이
렇게 나와줘야 양심의 가책없이 팰 수 있지. 아주 잘하고
있어.

"내가 가면 네년들 뒤진다. 어서 이리 와."

"웃기지 마!"

"우리가 왜 가?"

"꺄악!"

이제는 아예 난리를 치며 소란을 피우는 년들. 계집년
들은 멍하니 있는 일진 놈들의 등 뒤에 숨었고, 그러면서
급히 핸드폰을 꺼내 들며 누군가에게 전화를 했다. 난 하
는 꼴들이 너무도 가소로워 말없이 지켜봤다. 곧 신호가
걸리고 누군가가 받자 양아치 년들은 화색을 띠며 다급
히 외쳤다.

"오빠! 여기 지금 웬 미친놈이 와서 거한이 오빠 괴롭

히고 있어! 우리도 막 때리려고 그래! 여기 지금 싸이버랜드 PC방인데 빨랑 와줘! 응? 아이 참! 어서 와! 오빠 아니면 안 된단 말이야! 다른 오빠들 다 끌고 오란 말이야! 빨리!"

그렇게 몇 번을 소리치던 양아치 년은 마침내 목적을 이뤘는지 핸드폰을 닫고는 의기양양한 표정을 지으며 내게 외쳤다.

"넌 이제 죽었어! 병신아, 우리 오빠가 동생들 모두 데리고 온다고 했거든?"

"어이구~ 이제 죽었네? 어떻게 해? 나름 개폼 잡고 등장했는데 도망가도 소용없어! 너, 권유빈 맞지?"

"저놈 우리 반 놈이잖아! 보나마나 뻔해. 그 걸레 같은 년들 원수 갚아준다고 달려온 거겠지? 미친 연놈들. 하여간 주제 모르는 것들이 꼭 설쳐 댄다니까? 영환이 오빠, 그 유명한 오비파의 행동대장이거든? 어이구~ 어떻게 하나?"

"호호호홋!"

정말 우스운 상황이다.

남자 일진 놈들은 가만히 있는데 그들 등 뒤에 숨은 세 양아치 년들이 나를 조롱하고 웃고 떠들며 정말 싸구려 티를 다 내고 있으니 말이다. 나는 혀를 차며 일진들에게 말했다.

"저년들 위해주느라 애쓴다. 쟤들 예뻐서 보호해 주는 거야, 아니면 영환이라는 새끼가 무서워서 따르는 척하는 거야?"

"......"

당연히 눈치만 보며 누구도 대답을 선뜻 못한다. 정말 기백도 없는 한심한 놈들이다. 오히려 간접적으로 모욕을 당한 양아치 년들이 또 얼굴을 붉히며 뭐라 외치려 했지만 내가 재빨리 말을 잘라 버렸다.

"어찌 됐든 네놈들도 나쁜 새끼들이야. 죄 없고 예쁜 여자 아이들이 그렇게 맞는데 말리지도 않고 지켜보고만 있어? 쓰레기 같은 새끼들. 불알 떼라, 이 병신 같은 놈들아! 네놈들은 남자라고 어깨 으스댈 자격도 없어!"

난 그렇게 말하며 짓밟고 있던 거한이 녀석의 머리를 힘껏 걷어차 버렸다. 그러자 일진 녀석들과 여자 아이들이 움찔하는 게 보였다. 난 조용히 웃으며 이번에는 거한이 녀석을 뒤로하고 녀석들에게 다가갔다.

"그럼 그 영환이라는 찌질이 깡패 새끼가 올 때까지 한번 놀아볼까?"

난 그렇게 말하며 대충 앞에 걸리는 녀석들 중 한 명의 멱살을 잡아챘다. 녀석은 반항할 생각도 못한 채 그저 부들부들 떨며 무언가 말하려 했다. 그러나 그것을 친절하게 들어줄 내가 아니다.

"일단 맞고 시작하자."

퍼억!

그대로 후려친 아구창.

후두둑.

펀치가 너무 강했던 탓인지 흰 이빨이 후두둑 떨어져 내린다. 동시에 핏물이 떨어져 내리며 바닥을 적시기 시작했다.

"으어어……."

단 한 대뿐이었지만 생전 처음 겪는 고통에 따른 현상은 일개 고딩이 감당할 만한 것이 아니었나 보다. 녀석은 울지도, 그렇다고 비명을 지르지도 못한 채 그저 벌벌 떨기만 할 뿐이었다. 이 이상 했다가는 애먼 놈들 줄초상 치르겠다 싶어 난 그 녀석을 놔준 다음 그 옆에 있는 놈을 붙잡았다.

당사자인 양아치 년들은 어디까지나 메인 디쉬였다.

점점 다가오는 공포에 벌벌 떨게 하는 것.

그래서 자신들도 똑같이 폭행을 당하고 정신적, 육체적인 충격에 벌벌 떨어봐야 두 번 다시는 그런 개 같은 짓은 하지 못할 것이다.

"날 원망하지 마라. 나도 폭력 싫어하는 사람인데⋯ 니들이 날 이렇게 만든 거야. 원망하려면 네놈들의 비겁함과 치사함을 원망해라. 그것 때문에 내가 화나서 이 짓을 하는 거니까."

난 그렇게 말한 다음 어버버거리고 있는 일진 녀석에게 말했다.

"어금니 꽉 깨물어. 잘못하면 혀 깨물어 뒈질 수도 있으니까."

"미, 미안. 미안해. 미, 미안⋯⋯!"

그제야 녀석이 사색이 되어 황급히 중얼거리기 시작한다.

미안한 줄 알면 애당초 시작을 하지 말았어야지?

"늦었어!"

난 그대로 주먹을 휘둘러 녀석을 구타하기 시작했다. 비명도 못 지를 정도로 나는 그야말로 쉴 새 없이 녀석을 몰아쳤다. 이 정도로는, 이 정도로는 아직 내 분이 풀리지 않는다. 그리고 그 아이들이 받았을 고통도 이 정도로는 어림도 없을 터였다.

"껵! 쿨럭쿨럭!"

난 녀석의 눈이 반쯤 풀릴 때가 돼서야 구타를 멈췄다. 음, 확실히 요즘 아이들은 몸이 너무 약한 것 같군. 얼마나 때렸다고 벌써 실신 지경이 되어버리다니…….

"……."

이쯤 되어서야 일이 장난이 아니라는 것을 깨달았던 모양인지 그렇게 시끄럽던 계집년들도 멍한 표정을 지었다. 난 밟아주던 녀석의 머리끄덩이를 잡아 우선 녀석의 얼굴을 한번 걷어찬 뒤 말했다.

"온다던 녀석들 안 오냐? 애들 죽겠다. 그 영환인지 뭔지 하는 새끼 빨리 오라고 좀 해봐."

"오, 오빠, 오빠는… 오빠는……."

제일 말 많던 양아치 년은 살짝 패닉에 빠졌는지 창백한 안색으로 중얼거렸다. 난 고개를 저으며 쥐고 있던 머리채를 놓아준 뒤 양아치 년에게 다가가며 말했다.

"오빠는 뭐? 빨리 오라고 좀 해봐. 3초만 더 늦으면 네가 위험할 테니까. 3초 안에 불러."

"그, 그런 억지가……!"

"어디 있냐고? 여기 있잖아. 삼, 이, 일……!"

난 마지막 일을 외치며 힘껏 팔을 치켜들었다.

"꺄아아악!"

양아치 년들은 비명을 지르며 팔로 얼굴을 가렸고, 난 동시에 들려오는 외침에 씨익 미소를 지었다.

"멈춰."

호, 때맞춰 나타나신 건가?

완전 정의의 사도 아냐?

"네가… 권유빈이냐?"

"그래. 더 이상 대화는 필요없지? 바로 붙자."

녀석은 오렌지색의 머리로 얼굴을 가리고 있었다. 언뜻 보이는 윤곽이 꽤나 짙고 뚜렷한 게 기분 나쁠 정도로 조각 미남형이었다. 빌어먹을, 요즘 왜 이렇게 잘생긴 놈들이 많이 보이는 거야? 평범한 놈 기분 나쁘게 시리.

"놀랍군. 우리 학교에 너 같은 놈이 있었다니……. 혹시 너도 조직에 속한 놈인가?"

"그럴 리가. 난 그냥 평범한 고딩이었어. 바로 어제까지는 말이야."

"그렇군. 그 두 여자 아이의 복수를 하러 온 건가?"

녀석은 이렇게 될 줄 알았다는 듯 한숨을 내쉬며 고개를 저었다. 그 모습에 난 살짝 기분이 나빠졌다. 어떻게 된 놈이 너무도 침착했기 때문이다.

녀석은 지금 이 순간, 내가 가장 듣기 싫어하는 말을 내뱉었다.

"미안하다. 어제 일은 분명 우리들의 잘못이다. 용서해 주기를 바란다."

"…미안하면 인생 끝나나? 잘못이 가려져?"

"물론 그렇게는 안 되겠지. 하지만 여자 아이들의 다툼 정도로 생각해 주면 안 되겠나? 흔히 있는 그런 거 말이야."

"훗, 씨알도 안 먹히는 소리라는 거 알지?"

"역시 안 되는군."

녀석은 안타깝다는 듯 한숨을 내쉬며 조용히 눈을 감았다. 난 으르렁대며 말했다.

"잔말 말고 붙자고! 왜, 여기 장소가 좀 그래? 나가서 붙을까?"

"아니, 그럴 필요 없다. 난 너와 싸우지 않을 테니까."

"웃기지 마. 넌 나와 싸워야 해. 안 그러면 서서 샌드백이라도 돼줄래? 터져서 걸레가 될 때까지 두들겨 맞아볼래?"

"그것도 싫다."

"그럼 덤벼! 가만히 있는 놈 두들겨 패봤자 후련하지도 않을 것 같으니까."

"그럼 더더욱 싸우면 안 되겠네. 난 안 싸울 거다. 물론 맞지도 않을 거고."

"그래? 그럼 어디 두고 봐."

난 그대로 달려가 녀석의 복부를 향해 발을 내질렀다. 순간 튕기듯 뒤로 물러난 녀석은 내 공격을 피하곤 황급히 외쳤다.

"아저씨! 싸움 좀 말려주세요!"

뭐 저런 놈이 다 있어?

녀석이 즉시 소리를 쳐 주인아저씨에게 도움을 청하기 시작한 것이다. 난 당황해 카운터를 바라보았다. 그러자 오들오들 두려움에 떨고 있던 아저씨가 전화를 내려놓으며 말했다.

"너희들, 경찰에 신고했으니 이제와 사과해 봐야 소용 없다! 나쁜 녀석들! 어디 어린놈들이 남의 사업장에 와서 깽판을 치는 거야? 나쁜 놈들! 너희 놈들은 다 똑같은 자식들이야! 어디 경찰에서 콩밥 한번 먹어봐라!"

"……!"

우리는 모두 어처구니가 없어 주인아저씨를 멍하니 바라보았다. 곧 사이렌 소리가 울려 퍼졌고, 아저씨는 구원자라도 만난 표정을 지으며 황급히 문밖으로 나가 소리치기 시작했다.

"여기요! 여기에서 싸움이 벌어지고 있어요! 빨리 올라와 주세요!"

그 말과 함께 적잖은 수의 무리가 계단을 뛰어올라 오고 있는 게 들려왔다.

"경찰이다! 반항을 멈추고 순순히 우릴 따라와라!"

대체 뭐라고 신고를 한 거야?

각자 총을 꺼내 든 경찰들이 어느새 PC방 내부에 빼곡히 들어서 우리를 포위했다. 너무도 어처구니가 없어 난 망연자실한 표정으로 영환이라는 녀석을 바라봤다.

"후우, 다행이군."

녀석은 히죽 미소를 짓고 있었다.

"오영환, 나와!"

결국 우리는 경찰서 내부 유치장 안에 따로 수감되어 버렸다. 난 뭐라 항변하려 했지만 경찰서 내부가 워낙 바빴기에 내 외침은 닿지도 않았다. 결국 시간이 얼마 지나지 않아 영환이 녀석을 비롯한 일진 연놈들은 먼저 풀려나왔다.

"병신! 거기서 콩밥 좀 먹어봐라! 우리가 같이 잡혀 들어갈 줄 알았어?"

"호호호! 학생이 수업 시간에 뭐 하는 짓이야? 어이구~ 부모님이 아시면 뭐라고 할까?"

여자 아이들은 내가 갇혀 있는 곳을 지나가며 그렇게 조롱과 비웃음을 던졌다. 난 화를 낼 기운도 없어 말없이 눈을 감았다. 그러자 기가 산 양아치 년들이 더욱 소리를 높였다.

"더 큰일이 뭔 줄 알아? 학교에서 알면 넌 최소 정학, 잘하면 자퇴 조치까지도 갈 수 있다는 거야. 뭐? 그렇게는 안 될 것 같다고? 될걸? 웬 줄 알아? 우리 집이 빽이 좀 세서 억지로라도 그렇게 만들 거거든."

아아, 시끄럽구먼. 난 아예 몸을 돌려 무시를 하고자 했다. 그러나 기가 오를 대로 오른 양아치 년은 아예 철창을 흔들며 외쳐 댔다.

"꺼져 버려, 깡패 같은 병신자식아! 그리고 네가 그렇게 아끼는 그 병신년들, 절대 가만 놔두지 않을 거야! 두고 봐! 너는 내가 무슨 수를 써서라도……!"

"그만!"

가만히 있으려 그랬는데 결국 그 아이들에게 위해를 가하려 한다는 말이 나온 순간, 난 자리를 박차고 일어나 욕설을 터뜨리려고 했다. 그러나 그런 흐름을 영환이 녀석의 목소리가 절묘하게 끊어놓았다. 난 일어서서 동생을 만류하고 있는 영환이 녀석을 노려보았다. 그는 미안하다는 표정을 지으며 내게 말했다.

"못난 동생 때문에 미안하군. 너무 귀하게 보살펴 온 탓에 개념이 좀 없어서 말이야. 네가 이해해 줬으면 좋겠어."

"웃기지 말고, 내가 경고한다. 그 아이들, 절대 건드리지 마. 건드리면⋯⋯."

"건드리면? 건드리면 어쩔 건데? 응? 응?"

쾅쾅쾅!

내 말에 양아치 년이 철창을 발로 차대며 발악을 해댔다. 영환이 녀석은 슬쩍 한숨을 내쉬고는 일진 놈들에게 명령했다.

"야! 이 지지배 좀 안 보이는 곳으로 끌고 가!"

"아악! 놔! 놔, 이거! 너, 날 건드리고 무사히 넘어갈 줄 알아? 웃기지 마! 넌 반드시 내가 밟아놓고 말 거야! 너는 꼭 손으로⋯⋯!"

경찰들은 뭐 하는지 개념없는 양아치 년이 그렇게 고함을 질러대는 데도 누구도 와서 만류하는 이가 없다. 이게 바로 저년이 그렇게 자랑하던 뒷 배경의 힘이라는 건가? 내가 이를 갈아대자 영환이 놈이 굳은 표정으로 말했다.

"넌 반드시 내 동생과 나에게 복수를 하고 싶겠군. 안 그래?"

"물론이지! 그 아이들이 당한 배 이상으로 만들어줄 거다!"

"후우, 이게 뭔 난리인지⋯ 쯧, 네가 이런 놈인 줄 알았으면 진작 어제와 같은 일이 없도록 만류했을 거다. 다

네 잘못이야. 네가 이런 놈이라는 걸 숨기고 있었으니까."

녀석의 눈빛이 스산해졌다. 녀석은 철창을 움켜쥔 뒤 내게 말했다.

"복수할 생각은 접어라. 네놈이 한딱가리 한다는 건 알겠는데, 그래 봤자 네놈과 우리는 사는 세계가 달라. 네놈을 생각해 충고해 주는 건데 이쯤에서 원한은 접는 게 좋을 거다. 복수할 생각은 더더욱 하지 말고."

"꼭 해야겠다면?"

와락!

참지 못한 나는 철창 사이로 손을 뻗어 녀석의 멱살을 움켜잡았다. 그러나 녀석은 아무런 반항도 하지 않은 채 눈을 더욱 가늘게 떴다. 얼굴을 반쯤 가린 오렌지색 머리카락 사이로 나를 쏘아보는데 야수와 같은 살기가 느껴졌다.

녀석 역시 더 이상의 능글거림은 멀찍이 미뤄둔 채 본성을 꺼내 으르렁대며 말했다.

"그땐 너라는 녀석이 세상에 존재하지 않게 될 거다. 네놈의 선량한 가족들? 당연히 무사하지 못하겠지. 지금 네놈을 이대로 보내주는 것도 내 나름대로 크게 선심을 쓴 거야. 어제와 같은 일이 없었다면, 그리고 네놈이 내 마음에 든 녀석이 아니었다면 진작 너와 네 가족들은 부산 앞바다나 야산에 잠겼을 거야."

"호, 무섭다? 네놈 조폭이냐?"

난 녀석의 정체를 알고 있었지만 모르는 척 빈정댔다. 녀석은 애매한, 그러나 자신감에 가득 찬 미소를 지으며 말했다.

"그럴 수도 있겠지. 어쨌든 마지막으로 경고하마. 이 시간 이후로 어제오늘 일어났던 모든 일을 네 기억에서 지워라. 열 받아도 그냥 잊어. 잊어야 평범하고 행복한 생활을 영위할 수 있을 테니까. 난 상당히 야비하고 치사한 놈이라서 누가 나나 가족들을 해할 기미를 보이면 무슨 수를 써서든 싹을 제거하는 조금 잔인한 습성이 있거든."

"어쩌나? 그건 나 역시 마찬가지인데?"

"말이 안 통하는 놈이군. 어쨌든 내가 할 말은 다 했다. 잘 있어라. 다음에 또 마주치지 않기를 바란다."

녀석은 그렇게 말하며 내 눈앞에서 멀어졌다.

"으아아아아!"

콰앙!

난 분노를 참지 못하고 생애 처음으로 괴성을 내질렀다.

"개자식! 빌어먹을 자식들! 으아아아악!"

이전에는 한 번도 느껴보지 못했던 크고 거대한 무언가가 온몸을 불태우는 것 같았다. 끓어 넘치는 이 뜨거운 무언가를 어떻게든 풀어야 속이 시원할 것 같았다.

"미친놈! 얌전히 있어!"

"콩밥 먹고 싶어?"

아까는 무슨 난리가 일어나도 가만히 있던 경찰들이 달려와 철창을 두드려 댔다. 그러나 난 그에 아랑곳없이 활화산처럼 터져 나오는 분노의 외침을 터뜨렸다.

"안 되겠어! 이 자식, 미친 것 같아!"

"들어가서 조용히 시켜!"

철컹!

결국 경찰들은 플라스틱 곤봉을 들고 유치장 안으로 들어왔고, 철창을 흔들며 발악하는 나를 무자비하게 두들기기 시작했다.

그렇게 밤이 깊어졌다.

난 끝까지 묵비권을 행사했다.

이곳 경찰서가 그 영환이 자식의 뒷 배경에 포섭되어 버린 이상 무슨 말을 해도 말짱 도루묵이라는 것을 잘 알고 있었기 때문이다. 물론 나도 녀석들처럼 내 배경에 대해 떠벌렸다면 아마 왕 대접을 받으며 이곳에서 바로 나갈 수 있다는 걸 잘 알고 있다. 녀석들이 아무리 자기들 집안에 대해 뭐라 한다 해도 우리나라에서 나만큼 빵빵한 집안을 가진 녀석은 없다는 걸 잘 알고 있으니까. 하지만 난 그러긴 싫었다.

복수를 하기로 마음먹은 이상, 이 일은 내가 짊어져야 할 나만의 사명이다.

사명. 그래, 나의 사명이다.

홀로 맞서 싸워야 할 내 필생의 사명!

난 경찰들이 무슨 협박을 하건 묵묵히 입을 다물었다.

결국 경찰들은 내게서 무언가를 듣기를 포기해 버렸다.

"지독한 놈, 나가라! 다음부터 또 이런 일이 있으면 용서하지 않겠다! 피해자들에게 감사해라. 그 사람들 덕분에 이렇게 나갈 수 있는 거니까!"

결국 이튿날이 지나서야 경찰서를 나올 수 있었다.

그 녀석, 신흥 조폭인 오비파의 제5행동대장이라고 했던가?

오비파. 최근 들어 여러모로 나와 운명처럼 엮이는 것 같은데, 네놈들, 상대를 잘못 골랐어. 내가 불쌍해 보여 이런 식으로 동정을 베푼 것 같은데 정말 실수한 거다. 알량한 배경을 믿고 설치는 놈들의 말로가 얼마나 처참한지 내가 몸소 보여줄 테니까.

"그나저나 이 상태로는 당분간 미란이와 수진이의 복수는 못하겠구나."

난 한숨을 내쉬며 터덜터덜 걸음을 옮겼다.

당당하게 쳐들어가서 이게 무슨 꼴인지 내 스스로가 참 한심스러웠다. 난 고개를 숙이며 힘없이 걷다가 문득 하나의 가정을 떠올리곤 걸음을 멈췄다.

잠깐, 나만큼이나 나와 그 아이들에 원한을 가지고 있는 그 양아치 년들이라면 시시때때로 그 아이들을 노리겠지? 그년들이라면 충분히 더 지독한 일을 하고도 남는다. 그렇다고 한다면 오늘 이 시각부터 나는 그 아이들을 필사적으로 보호해 줘야 한다. 언제 무슨 일이 벌어질지 모른다.

"제길!"

어느새 나는 두 아이가 잠들어 있을 병원을 향해 힘껏 달리고 있었다.

가슴이 두근거렸다.

"후우."

걱정이 지나쳤던 것인지, 두 아이는 비교적 전보다 나은 신색으로 잠들어 있었다.

난 두 아이의 손을 살며시 잡으며 한숨을 내쉬었다.

"미안하다. 나 때문에……."

가슴이 아팠다.

모든 일이 나 때문인 것 같았다.

이제 난 확실히 결심을 해야 한다.

이 아이들을 매니저로서, 그리고 오빠로서 모든 위험에서 지켜줄 것을.

"반드시 지켜줄게."

난 그렇게 말하며 잡은 손에 살짝 힘을 주었다. 그때, 예상치 못했던 말이 들려왔다.

"정말?"

"그럼 매니저 해주는 거야?"

"너, 너희들……."

아, 안 자고 있었나?

난 깜짝 놀라 나도 모르게 잡은 손을 놓으려 했다. 그러나 두 아이는 오히려 내 손을 꽉 잡고는 웃으며 한마디씩 해주었다.

"오빠 탓이 아니야. 다 우리가 잘나고 예쁜 탓이라고."

"맞아. 원래 잘난 사람들은 시기와 질투가 많다잖아?

액땜했다고 생각해 두지, 뭐."

그렇게 말하는 두 아이의 얼굴은 너무도 태연해 보였다. 아니, 그렇게 심각하던 분위기가 이렇게 쉽게 깨져 버릴 수 있는 건가?

어처구니가 없어 난 뭐라 말하려 했지만 곧 두 아이의 얼굴이 일그러지는 것을 보며 입을 다물어야 했다. 두 아이는 애써 울음을 참으려는 듯 입술을 꽉 깨물며 고개를 돌려 버렸다. 떨리는 몸, 떨리는 공기.

한참 후에야 미란이가 겨우 한마디를 내뱉었다.

"무서웠어. 정말… 무서웠어."

참담한 심정.

무거운 무언가가 내 가슴을 짓눌러 왔다.

날카로운 뭔가가 내 가슴이 도려내는 듯했다. 담담한 척하려고 했지만 결국 그때의 충격과 고통이 너무도 컸던 것 같았다. 흐느끼는 아이들, 난 잠깐 손을 놓고는 병실의 문을 꽉 닫았다. 그리고 침실 주변의 커튼을 친 뒤 두 아이의 어깨를 다독이며 말했다.

"괜찮아. 울어도 돼."

그러자 터져 나오는 울음소리.

그건 차라리 절규와도 같았다.

내 혼을 짓누르는 너무도 처절한 슬픔이 나를 뒤흔든다.

"으아아앙!"

"흐흑!"

난 입술을 꽉 깨물며 뜨거운 가슴으로 다짐했다.

반드시 이 아이들을 지켜주겠다고.

하늘은 슬프도록 청명했다.

Lesson 4 유빈, 매니저를 시작하다

MUSIC ON

1

어지간한 자금력이 아니면 이 바닥에서는 괜찮은 화보 촬영 작가를 잡는 것조차 불가능하다.

난 그것을 이 기획사에 와서 새삼 실감하고 있었다. 처음에는 수진이의 집과 새로 신축한 건물만 보고 꽤나 자금력이 있으리라 생각했는데… 그래, 적어도 중급 정도는 되는 기획사라 생각했는데 알고 보니 속빈 강정이었던 것이다.

일반적으로 가수 한 명을 키우는 데 드는 돈이 5억이라고 한다.

숙소를 잡아주고 생활비를 대주고, 거기에 더불어 매니저를 비롯한 직속 코디와 보컬 트레이너 등을 비롯한 스태프 고용에 드는 비용만 해도 벌써 1억이 넘는다.

그것으로 끝나는 게 아니다.

기본적으로 유명한 작곡가들에게 곡 하나를 받으려 하면 기본 작곡료로만 이삼천이 드는데다가 별로 이름값이 높지 않은 기성, 신인 작곡가들에게도 곡료로 천만 원 정도는 줘야 한다. 물론 더 싸게 잡는다면 그 이하로도 갈수 있겠지만 그들의 몸값이 낮은 것에는 분명 그만한 이유가 있는 것이다.

싱글 앨범이 아닌 이상 기본 정규 음반에 들어가는 곡은 아무리 적어도 열 개. 그 정도라면 벌써 곡료만 해도 또다시 1억 정도가 깨진다. 물론 기획사 자체적으로 작사, 작곡, 편집가들을 고용해 놓는 경우도 있지만 그것은 어지간한 규모와 자금력이 아닌 이상 불가능한 상황이다. 특히 이제 갓 중급 수준에 이른 수진이네 기획사의 경우는 더욱 그렇다. 물론 여기서 해당 가수가 스스로 작사, 작곡 외 편곡과 프로듀싱으로서의 능력을 겸비하고 있다면 더욱 좋다. 하지만 그럴 수 있는 사람은 지극히 한정되어 있거니와 기획사 입장에서도 어지간한 실력이 아닌 이상 아무리 능력이 있다 해도 함부로 맡기지 않는 것이 보통이다.

어쨌든 이것으로 끝나는 게 아니다. 곡을 받았으면 이제 그것을 정규 앨범, 즉 CD로 만드는 작업을 해야 한다. 마스터링 작업을 비롯, 여러 가지 공정을 거치는 데 드는 비용을 최소한으로 잡았을 때 몇 천만으로, 거기에 신인의 경우 기본적으로 초반에 찍어내는 물량을 오천이라는 최소 수치로 잡는다고 한다면 곡을 모아 CD로 만들어내기까지 대략 이억 정도의 자금이 깨진다는 결론이 나온다.

그것으로 끝이 아니다.

데뷔 무대도 잡아야 한다.

요즘 한 달에 나오는 신인들의 숫자만 세 자리 수치가 넘는다고 한다.

그들 모두가 이런 과정을 거쳐 신인 가수로서 데뷔를 할 준비를 하는데, 문제는 신인들의 숫자와 넘쳐 나는 노래들에 비해 그들이 설 수 있는 무대는 지극히 한정되어 있다는 점이다.

출연료를 받고 방송에 선다?

이것도 수준 이상이 되는 톱 가수들에게나 해당되는 이야기다. 톱 가수이니만큼 당연히 그 뒤에는 거대한 기획사라는 배경이 있을 것이고, 그들의 치열한 물밑 공작과 로비가 있어서야 비로소 한 무대에 설 수 있는 자격을 얻을 수 있다. 지금에 이르러서는 신인들이 공중파에 서기란 그야말로 하늘에 별 따기와 같은 일이고, 케이블이나 기타 유선 방송의 무대에 서는 것만 해도 어지간해서는 힘든 일이다.

전쟁.

그야말로 전쟁인 것이다.

그래서 신인으로 괜찮은 방송에 데뷔 무대를 가지기까지 로비 금액을 적게 잡아 2억이라는 금액이 든다. 그 돈은 방송국 국장들을 비롯, 프로그램의 담당 PD와 신문 기자들에게 들어간다.

이렇게 드는 총 합이 적게 잡아 4억. 물론 그만한 여력도 없거나 공중파의 황금 타임에 들어가는 골드 프로그램에 자리를 잡기 위해서는 더욱 치열한 로비 경쟁이 시작된다. 사실 아무리 엔터테인먼트 회사들이 여력이 있다고 해봐야 그 위치는 방송국이나 기업들 밑이다. 그들이 원하는 만큼을 채워주지 못하면 스타가 되는 건 꿈도 꾸지 말아야 한다.

스타가 되고픈 연예인이나 그들을 데뷔시키려는 회사 입장에서나 어지간한 각오가 아니고서는 발도 들일 수 없는 곳이 바로 연예계인 것이다.

의상은 살 수 있다면 좋지만 그러는 경우는 별로 없고, 거의 대부분의 연예인들이 협찬을 받아 하루하루 돌리는 게 보통이다. 물론 그것도 못 잡을 경우는 동대문이나 남대문 같은 값싸고 양 많은 시장으로 가서 코디, 스타일리스트들과 함께 열심히 고르면 된다.

협찬도 어지간한 수준이 아니고서는 꿈도 꾸지 못한다.

결국 돈이 없어 옷을 사지 못하게 되면 그나마도 입은 옷들로 며칠 이상을 보내야 한다.

그렇게 된다면 정말 최악이다. 문제는 이러한 최악의 상황들을 지금도 수많은 기획사와 가수들이 겪고 있다는 점이다.

나는 그것을 직접 매니저 일을 시작하고 나서야 몸으로 뼈저리게 느꼈다.

일을 시작하기 전이야 주변 환경이 워낙 빵빵하니 그런 어려움은 별로 생각하지도 않았지만 데뷔를 한 것도 아니고, 하기 위해 준비하는, 말 그대로 시작을 하기도 전인 입장에서 설마하니 이런 뼈 빠지는 고생을 할 줄은 상상도 못했다.

그제야 느낀 것이 삼촌들과 아버지의 위대함이었다.

그리고 나의 어리석음이었다.

난 얼마나 좁은 시야로, 그리고 내 좁은 잣대로 세상을 재단하고 있었는지 모른다.

"제길! 그놈의 촬영, 어떻게 안 됩니까? 무슨 석 달 이상 스케줄이 밀려 있어요? 그리고 분명 저번에 저희가 먼저 예약을 하지 않았습니까? 그런데 이제 와서 딴소리라니……."

―죄송합니다. 저희도 어지간해서는 사정에 맞춰드리고 싶지만 저희 작가님이 워낙 바쁘시다 보니……. 그리고 이번에 해외로 화보 촬영을 나가게 돼서 부득이하게…….

"젠장! 알았어요! 일 이런 식으로 하면 언젠가 피 보게 될 겁니다!"

콰앙!

난 그렇게 외치곤 거칠게 전화를 끊어버렸다. 절로 담배를 피우고 싶어진다. 겨우 겨우 곡이 나오고 컨셉이 잡혔다 싶었더니 이제는 앨범 재킷 촬영에 문제가 생겨 버렸다. 힘들게 잡아놓은 한 스튜디오의 촬영 예약이 무산되어 버린 것이다.

사정은 간단했다.

우리가 예약한 날짜에 더욱 좋은 조건으로 작가에게 해외 화보 촬영 제의가 들어왔다는 것이다. 그로서는 두

가지 중 하나를 선택해야 했고, 그는 당연히 더욱 큰 실리를 얻을 수 있는 선택을 했다.

그로서는 당연한 선택이다.

하지만 이럴 수는 없는 일이다.

아무리 우리가 하고 많은 기획사들 중의 한곳이고 듣도 보도 못한 신인 가수라 하지만, 그래도 신용이라는 게 있는 법인데…….

"젠장."

난 등받이 의자를 뒤로 확 젖히며 푹푹 한숨을 쉬었다. 그나마 사무실에 불어오는 에어컨 바람이 아니었다면 솟구치는 열불에 온몸이 펄펄 끓어올랐을지도 몰랐다.

"일 하나 제대로 하기가 이렇게 힘드니… 후우, 아무래도 내가 이 일을 너무 쉽게 봤어."

벌써 기획사 측에서 마련해 준 작가들의 연락처는 모두 사용을 한 뒤였다. 이제는 내가 직접 찾아야 한다. 수진이는 미란이의 일을 전적으로 나에게 위임한 상태였기에 어떻게든 나의 능력을 입증해야 했다. 대체 초자 매니저, 그것도 일개 고딩에게 뭘 믿고 이런 큰일을 맡겼는지는 모르겠지만, 그래도 믿고 맡겼으니 그 믿음에 대한 답례는 해야 한다는 게 내 생각이다.

"어떻게 하지? 아, 정말 갑갑하네."

난 자리에서 일어섰다. 나름 나와 미란이를 생각한다
고 기획사 내부에 작은 사무실을 하나 배정해 주었지만
지금의 나에게는 이 사무실이 좁은 쇠창살같이 느껴졌
다. 마음이 갑갑하니 모든 것들이 다 짜증스럽게 보였
다.

차라리 삼촌에게 도움을 요청할까도 생각해 봤지만 아
무리 그래도 그건 아니었다. 이 일은 내가 맡은 첫 일. 어
떻게든 내 스스로 역경을 헤치고 나가야 의미가 있을 터
이니 가족뿐 아니라 누구에게도 도움을 받고 싶지 않았
다.

"후우, 연습실에나 가볼까?"

난 사무실을 벗어나 4층의 연습실로 올라갔다.

쿵쿵! 쿵! 쿵!

예상대로 연습실에서는 미란이가 구슬땀을 흘리며 안
무 연습을 하고 있었다. 비록 평범한 흰색의 면 티와 짧
은 청색 핫팬츠를 입었을 뿐이지만 트랜디한 댄스곡의
특유한 느낌은 미란이를 단순한 고교생으로만 보이게 하
지 않았다.

물결치는 듯, 허공에 나풀거리는 흑색의 비단결과 같
은 머리카락과 땀에 젖은 탓에 더욱 육감적인 향기를 풍

겨내는 길고 늘씬한 몸매.

'역시 천성이 연예인이야. 하지만… 후우, 내가 잘 키울 수 있을까?

예쁘고 몸매 좋고, 어디 가도 빠지지 않는 미란이였지만 전국의 그런 여자들이 모이는 곳이 바로 연예계였다. 그 이상의 특별한 무언가가 필요한 곳, 매니저의 역할은 단순히 연예인을 보호하며 좋은 스케줄을 잡아 연예인을 어필시키는 것도 있지만 그건 어디까지나 매니저가 해야 할 아주 기본적인 사항일 뿐이다. 원석이 아무리 좋아도 가공하고 다듬지 못한다면 세상에 빛을 볼 수가 없는 것처럼, 발견했으면 이제 그에 맞게 갈고닦아야 한다.

"그렇다고 함부로 돌릴 순 없지."

난 적어도 내가 담당하고 있는 연예인, 미란이만큼은 모든 악습에서 벗어나게 해주고 싶다. 사실 몸 로비를 돌린다고 성공할 수 있었다면 아마 연예계라는 시장은 진작 무너졌을 것이다. 그건 많고 많은 방법 중 그나마 성공률이 제일 높은 방법 중의 하나일 뿐이지 전부는 아니다.

눈을 넓게, 사고방식을 다양하게 하면 분명 성공시킬 방법은 많다.

물론 그에 앞서 가장 중요한 건 성실성과 끈기겠지만

말이다.

"나도 열심히 해봐야지."

조금도 쉬지 않고 열심히 연습하는 미란이를 보니 축
처졌던 기분이 다시 살아나는 느낌이었다. 난 말없이 밑
층 사무실로 내려가 인터넷을 검색하기 시작했고, 오래
지나지 않아 몇몇 작가의 연락처를 알아낼 수 있었다.

"좋아, 다시 연락해 볼까?"

"이번에 가면 잡을 수 있을까?"

"글쎄… 이야기는 해봐야지?"

일단 기획사에서 찍은 1차 컨셉 사진을 보낸 나는 세
곳의 작가들과 미팅 약속을 잡을 수 있었다. 말이 세 곳
이지 그나마 내가 인터넷의 지식인이나 여러 문항들을
일일이 모아 얻은 정보를 통해 선정했던 터라 피곤해 죽
을 지경이었다. 그중 한곳은 연락하자마자 바로 스튜디
오로 찾아와 미팅을 하자고 제안했다. 그래서 나는 지금
미란이와 함께 가는 중이었다.

회사에서 내주는 차를 타고 도착한 우리는 차 안에서
내려 건물을 바라보았다. 3층의 비교적 깔끔한 목조형 건
물.

"건물은 마음에 드는구먼."

"빨리 들어가 보자."

건물이 꽤나 마음에 들었는지 미란이는 살짝 흥분한 기색으로 나를 채근했다. 난 넥타이와 옷을 가볍게 매만진 뒤 허리를 펴고 건물 안으로 들어갔다. 스튜디오는 지하에 있었는데 들어가는 입구가 마치 정글로 향하는 관문인 양 식물 줄기들로 장식이 되어 있었다. 그 속을 거쳐 유리문을 열고 들어가자 에어컨 탓에 비교적 시원한 풍향이 우리를 반겨주었다.

네온 스튜디오.

나무·벽면에 걸린 붉은색의 아크릴 이름판 밑에는 작은 안내데스크가 있었다. 여인은 우리가 들어오자 자리에서 일어서 생글거리며 인사했다.

"어서 오세요. 어떻게 오셨습니까?"

"실례합니다. 미팅 약속을 잡고 온 권유빈이라고 합니다."

"아, 빨리 오셨군요. 그렇잖아도 사장님께서 기다리고 계셨습니다. 저쪽 문으로 들어가세요."

"감사합니다."

나는 가볍게 인사한 뒤 미란이와 함께 왼편의 백색 나무문을 열고 안으로 들어갔다. 그러자 안경을 낀 턱수염의 젊은 남자가 테이블에서 일어서 반가운 표정으로 우리를 맞아주었다.

"어서 오세요. 와, 보기보다 어리신 듯하군요. 자, 일단 앉으시죠."

"아, 네."

긴장되는지 미란이는 맞잡은 손에 꽉 힘을 주었다.

남자의 이름은 김민혁.

올해로 연예인들의 화보 촬영이나 앨범 재킷 촬영 경력만 6년째인 베테랑 작가였다. 그는 생긴 것만큼이나 유들유들한 성격을 지니고 있었고, 때문에 그렇게 긴장하며 흥분하고 있던 미란이는 어느새 평상시의 모습으로 돌아와 재잘대며 즐거운 모습을 보였다. 그럴수록 그는 더욱 열을 내며 수다를 떨었다.

그가 대체적으로 말한 것들은 자신의 지난 경력들과 앞으로 해야 할 스케줄에 대한 것들이었다.

일단 말만을 들어보면 꽤나 화려했다.

섹시 화보집을 비롯, 크고 작은 가수들의 재킷 작업들을 정말 많이 담당했던 것이다. 한쪽 벽면에는 자신이 작업한 연예인들과 찍은 사진들이 걸려 있었고, 그는 그 연예인들과 얽힌 사연들을 재미있는 입담으로 풀어내어 미란이의 혼을 쏙 빼놓아 버렸다.

그래서 나는 녀석을 주의 깊게 쳐다보았다.

일단 협상에서 중요한 건 절대로 상대방의 페이스에 말려들면 안 된다는 것이다. 물론 이건 기본적인 사항이기에 어느 정도 사회생활을 한 이들이라면 상관없는 문제다. 그러나 그들 역시 모르는 게 하나 있다. 바로 가장 주의해야 할 사람은 작업과는 그다지 상관없어 보이는 이야기들로 상대방의 주의를 모두 자신에게 집중시킨다는 것.

대체로 이런 이들의 특징은 우선 자신의 직업과 관련하여 있었던 일들을 재미있게 풀이할 줄 안다. 그러면서 그 속에 은근히 자신이 얼마나 대단한 사람이라는 것을 노골적이지 않게, 이를테면 세뇌 형식으로 주입시킬 수 있게 된다.

그렇게 상대방을 완전히 자신의 페이스로 몰아넣었다 싶으면 슬슬 작업에 착수한다.

물론 일반적인 개념의 협상, 계약에 대한 작업이 아니다.

그보다 조금 더 특별한, 그러면서도 더럽고 치사한 것들이다. 난 녀석이 어떻게 나올까 싶어 이미 마음 한쪽으로는 결론을 내렸으면서도 말없이 지켜보았다. 이번 일, 어쩌면 미란이에게도 좋은 경험이 될 수도 있겠다 싶었기 때문이다.

곧 그는 슬슬 본색을 드러내기 시작했다.

"그래서 제가 아무나 촬영을 해줄 수는 없고… 일단 미란 씨가 어느 정도의 모델인지 좀 살펴볼 필요가 있습니다."

"어떤 식으로 살펴본다는 거죠?"

"본격적인 촬영에 앞서 간단한 카메라 테스트를 하면 되는 거죠."

"카메라 테스트요? 저, 저는 아직 준비가 안 되어 있는데……."

갑작스런 말이었는지 미란이는 꽤나 당황하며 나를 바라봤다. 한동안 지켜보기로 결심했던 나인 터라 난 어깨를 으쓱일 뿐 아무런 말을 하지 않았다. 그는 계속해서 웃으며 말했다.

"그리 길지도 않고 힘들지도 않습니다. 그냥 편하게, 자신의 모든 것을 순수하게 내보이면 되는 촬영입니다. 사람이라는 게 참 신기한 생물이어서 서 있는 환경과 도구에 의해 모습들이 다 다르게 비춰지게 되거든요. 제 촬영 기법이나 도구와 맞는지도 봐야 한답니다."

"그런가요? 혹 나중에 문제 생기는 건 없는 거죠?"

"물론이죠. 테스트 사진은 무슨 일이 있어도 절대 외부로 유출되지 않으니 걱정하지 않으셔도 됩니다. 테스트가 끝나면 보는 앞에서 폐기할 테니 걱정 마세요."

"그런가요? 그럼 어쩔 수 없죠."

미란이가 그렇게 말하며 수긍하는 모습을 보이자 녀석의 안색이 살짝 펴지는 걸 볼 수 있었다.

이다음에 이어질 말, 벌어질 일들이란 뻔하지만 그래도 어떻게 가나 끝까지 지켜보는 게 좋겠지? 훗, 제 녀석이 아무리 현란하게 입을 나불거려 봐야 부처님 손바닥 안의 손오공이지.

"자, 그럼 일어서시지요. 매니저 분께서는 여기서 기다리시죠? 전 원래 제 작업실에 제삼자가 들어오는 걸 별로 좋아하지 않아서요."

"아, 그런가요? 뭐, 걱정 마세요. 방해하지 않고 한쪽 구석에 조용히 있을 테니까."

"그래도……."

순간 그의 눈가에 살짝 불만의 기색이 떠올랐다. 마치 내가 이렇게까지 눈치를 줬는데 알아먹지 못하는 거냐며 욕을 하는 것 같았다. 나는 걱정 말라는 듯 의미심장하게 웃으며 말했다.

"걱정 마세요. 비록 나이는 어리지만 지켜야 할 예의는 알고 있습니다. 조용히 있을 테니 저도 참관시켜 주세요."

"뭐, 그렇게까지 말씀하신다면야… 같이 가시죠."

"감사합니다."

우리 둘은 서로 다른 의미로 미소를 지은 채 사장실을 나섰다. 영문을 모르는 미란이만이 그저 고개를 갸웃거린 채 촬영 전의 긴장 어린 미소를 지을 뿐이었다.

찰칵! 찰칵!

"턱 조금만 더 당기고… 좋습니다. 네, 아주 좋아요. 자자, 이번에는 살짝 화난 표정을 지어보도록 하죠. 네, 그렇게… 좋습니다. 이번에는……."

의외로 촬영은 정상적으로 진행되었다. 난 포토라인 바깥을 벗어난 그늘진 벽면에 기대어 약속대로 조용히 지켜봤다. 처음에는 어색해하던 미란이도 이제는 작업 자체를 즐기는 듯 자유자재로 표정을 바꾸며 여러 가지 포즈를 취했다.

그렇게 대략 오 분가량을 촬영하던 그는 곧 필름을 갈아 끼우며 말했다.

"자, 이번에는 그 면 티를 벗고 촬영해 보도록 할까요? 상의 좀 벗어주세요."

드디어 시작되는군.

기대했던 대답이 나오자 난 팔짱을 풀고 주머니에 손을 찔러 넣었다. 미란이는 갑작스런 말에 크게 당황했는지 어쩔 줄 몰라 하며 그에게 물었다

"네, 네? 오, 옷을 벗으라고요?"

"말했잖아요. 카메라 테스트라고."

"아, 아무리 그래도……."

미란이가 주저하자 그는 안심이라도 시킬 양 부드러운 미소를 지으며 말했다.

"무엇을 걱정하는지 압니다. 하지만 지금까지 촬영을 한 모든 연예인들이 똑같은 과정을 거쳤어요. 혹 미란 씨는 사람에게 두 가지 모습이 있다는 것을 아시나요?"

"두 가지… 모습요?"

"네. 옷을 입은… 평상시에 드러난 모습과 옷을 벗은 후의 감춰진 모습. 기본적으로 연예인이란 이미지를 먹고사는 직업이죠. 그것은 가수라고 예외가 아닙니다. 어떤 때는 정말 많은 사람들이 보는 앞에서도 작품을 위해서라면 당당히 벗을 줄 알아야 합니다. 예술을 위해서 벗는다. 들어보셨죠?"

"네. 그, 그렇지만 이건……."

"똑같습니다. 하나도 다를 게 없어요. 전 제 스스로 제 직업에 대해 프로 의식과 큰 자부심을 지니고 있어요. 제

아무리 슈퍼 모델이나 톱스타가 벗었어도 전 항상 제 직업에 최선을 다했습니다. 그러니 믿고 맡기십시오. 미란 씨를 최고로 찍어드리겠습니다. 이건 그것을 위한 작업 중 하나입니다."

"아……."

진지하고 당당한 눈빛.

모르는 사람이 봤으면 아마도 홀딱 넘어가 버렸을 터이다.

하지만 나는 피식 웃었다.

말은 유창했고 분명 틀린 말은 아니었지만 결국 사기꾼들이 자주 애용하는 여러 패턴 중의 하나였기 때문이다. 조직에서 보내왔던 내 특성상 난 저런 사람들을 많이 보고 또 겪어보았다. 아무리 말을 잘하고 머리를 잘 써도 사기꾼은 결국 스스로의 도취에서 벗어나지 못한다. 녀석은 우리가 어리고 경험이 없을 거라 지레짐작하고 얕잡아보고 있다. 아까 보인 내 의미심장한 말 때문에 녀석은 내가 방해하지 않을 것이라 확신하고 있다.

넌 딱 걸렸어!

난 주섬주섬 핸드폰을 꺼냈고, 두 사람이 눈치 채지 못하게 조용히 카메라 모드로 돌려 줌인을 했다. 녀석이 두 번 다시 이런 저질스런 짓을 못하도록 확실히 증거를 잡아 확 묻어버려야 한다.

"나는……."

녀석은 또다시 입을 열어 망설이고 있는 미란이를 설득하기 시작했다. 난 그에 맞춰 버튼을 조작해 재빨리 카메라를 동영상 녹화 모드로 돌렸다. 일을 시작하며 새로 구입한 이 핸드폰은 여느 성능 좋은 캠코더에 못지않게 음성, 영상 흡착력이 좋은 터라 내가 촬영 시작 버튼을 누른 즉시 두 사람이 벌이는 대화와 행동이 적나라하게 담기기 시작했다. 난 녀석이 눈치 채지 못하게 슬쩍 뒤로 다가갔고, 덕분에 화질, 음성은 더욱 생생하게 나왔다.

녀석의 말이 진행될수록 미란이의 표정에선 불안감이 점점 가셨다. 물론 망설임은 남아 있었지만 그것조차도 이미 녀석의 말발에 넘어간 탓인지 조금씩 버리고 있는 모습이었다. 결국,

"좋아요. 그렇게 할게요."

"잘 선택하셨어요. 그럼 준비해 주세요."

결국 미란이는 그렇게 대답을 했고, 미란이는 천천히 상의를 벗기 시작했다. 녀석은 담담한 표정으로 그 모습을 지켜보았지만 뒤에서 제3자 입장으로 지켜보고 있던 나에게는 녀석이 현재 어떤 기분으로 지켜보는지를 살필 수 있었다. 카메라를 만지며 세팅을 준비하고 있는 손이

미세하게 떨리고 있었던 것이다. 난 그 모습을 놓치지 않고 확대시켜 동영상에 담기 시작했다.

곧 미란이가 상의를 벗은 뒤 쑥스럽게 팔로 몸을 가리자 녀석이 또다시 말했다.

"브라도 벗어주세요. 상체부터 찍겠습니다."

"…네."

미란이는 아예 홍당무가 되어버린 얼굴을 푹 숙인 채 고개를 들지 못하고 있었다. 남자들이 보는 데서 옷을 다 벗으려니 아무래도 어쩔 수 없을 것이다.

난 지켜보다가 미란이가 브라 후크를 끌려는 순간, 동영상 저장 버튼을 누른 뒤 앞으로 나서며 단호하게 말했다.

"그만. 이제 됐어. 미란아, 다시 옷 입어."

"으, 응?"

"여물지도 않은 가슴 꺼내서 뭐 어쩌려고? 빨리 옷 입어."

"하, 하지만……."

미란이는 그렇게 말하며 슬쩍 남자의 눈치를 봤다. 남자 역시 처음에는 당황한 표정을 짓다가 곧 화가 난 표정으로 나에게 따지기 시작했다.

"방해하지 않는다고 하셨잖습니까? 이건 약속 위반입

니다."

"약속은 개뿔, 넌 입 닥치고 대기하고 있어. 넌 빨리 옷이나 입어!"

난 표정을 굳힌 채 미란이에게 소리쳤다. 미란이는 당황해 어쩔 줄 몰라 하다가 내 질책에 깜짝 놀라며 황급히 옷을 입었다. 난 미란이와 남자 사이로 걸어가 말했다.

"보고 있으려니 정말 가관이더군. 세상에 어떤 카메라 테스트에 누드 촬영도 들어가지? 내가 바보로 보이냐?"

"무슨 헛소리를! 이건 누드 촬영이 아니라 카메라 테스트를 위한 필수적인……!"

"그럼 지금 경찰에 한번 전화해 볼까? 정말 그런 게 존재하는지 어떤지?"

"……!"

그 말에 비로소 녀석이 입을 다물었다. 난 피식 웃으며 녀석에게 다가갔다. 그리고 건방지게 한쪽 어깨를 걸친 뒤 나머지 손으로 핸드폰을 꺼내 액정을 녀석에게 보여 주었다.

"한번 봐봐. 뭐가 담기고 있나."

그 말과 함께 나는 저장해 두었던 동영상을 재생시켰다. 곧 녀석의 역설이 생생히 울려 퍼졌고, 반대로 미란이와 녀석의 얼굴은 점점 파랗게 변해갔다. 마지막 대화를 끝으로 난 핸드폰을 닫고 녀석의 눈앞에 흔들어 보였다. 그리고 어깨를 툭툭 치며 말했다.

"솔직히 말해봐. 이런 식으로 애들 얼마나 잡아먹었냐?"

"이, 이건… 이건 그냥……."

예상치도 못한 상황은 사람을 때때로 큰 패닉 상태로 몰고 갈 수도 있다. 녀석이 딱 그 짝이었다. 이제는 하얗게 질려 버린 얼굴로 녀석은 어버어버하며 말도 제대로 못 잇고 있었다. 난 어깨동무를 푼 뒤 미란이 앞에 다가가 멈춰 섰다. 미란이는 고개를 푹 숙인 채 어쩔 줄을 몰라 하며 고개를 숙이고 있었다. 난 슬며시 한숨을 내쉰 뒤 조용히 말했다.

"우리 삼촌들 중 한 명이 그러는데… 한번 타협하기 시작하면 끝도 없이 타협하게 된다고 하더군. 처음이 어렵다나 뭐라나. 너, 그대로 옷 벗고 녀석의 촬영에 임했으면 이다음은 어떻게 되는 줄 알아?"

"……."

미란이는 아무런 말도 못했다. 난 대신 그 대답을 해주었다.

"누드도 아니고 최고 품질의 카메라로 알몸을 찍혀 버렸으니 뭐 더 갈 것 있겠냐? 아마 저 녀석, 이런 식으로 여러 여자들 인생 많이 망쳐 놨을 거야. 내가 보니까 어떤 어떤 사진작가들은 이런 식으로 여자 연예인들이나 다른 사람들의 약점을 잡아 제 욕심을 주기적으로 챙긴다고 하더라. 내가 조사하고 왔으니 망정이지 그렇지 않았다면 너······."

난 숨을 한 번 고른 다음 목소리에 힘을 실어 말했다.

"민아와 다름없이··· 완전히 인생을 망쳐 버렸을 거야."

"······!"

흠칫 떨리는 어깨.

지금쯤 어떤 표정을 하고 있을지 안 봐도 뻔했다. 가슴 아프긴 하지만 이렇게 해야 확실히 몸에 새길 수 있다. 아까도 말했지만 연예인의 자기 관리는 어느 한쪽만의 몫이 아니다. 모두가 알고 사전에 대처해야 그런 헛된 수에 넘어가지 않을 것이다.

"이렇게 험한 곳이 연예계야. 어중간한 각오와 준비로는 신세만 망치고 건지는 거 없이 쫓겨나게 될 거야. 오늘 일을 교훈으로 삼아라. 그래서 일부러 일이 이 지경이 될 때까지 방치하고 있었어. 물론 네가 알아서 잘해줬으면 싶은 마음도 있었는데, 오늘 보니 확실히 알았다. 넌 아직 어린아이라는걸."

"······!"

미란이는 또 한 번 충격적인 표정을 지었다. 난 한숨을 내쉰 뒤 미란이의 어깨를 감싸주었다. 그리고는 아직도 멍해 있는 변태 작가 새끼에게 나지막이 말했다.

"벗겨먹을 게 없어서 아무것도 모르는 이런 어린애들에게 사기 치냐? 너, 도망만 가봐. 그 즉시 무슨 수를 써서라도 잡아서 아주 회를 쳐버릴 테니까."

난 그렇게 말한 뒤 유유히 스튜디오를 벗어났다.

"으아아악! 저 빌어먹을 새끼! 크아아악!"

와장창! 쿵쾅!

잠시 후, 녀석이 괴성을 지르며 발악을 하는 소리가 들려왔고, 난 조용히 미소 지었다.

부우우웅!

"오빠, 미안해."

한참 후에 들린 사과의 말이었다. 미란이는 그렇게 말하면서도 아직까지 고개를 들지 못하고 있었다. 도저히 나를 쳐다볼 면목이 없을 것이다. 하지만 앞으로는 이보다 더한 것도 견뎌야 한다. 미란이는 더 많이 알고 경험하고 두드려 맞아야 할 필요가 있었다. 철은 두드릴수록 강해지고, 조폭은 두드릴수록 독기와 배짱이 느는 법이다.

"정말 부끄러워. 나름대로 알 건 다 안다고 생각했는데… 바보같이……."

원래 조금 잘나가는 모든 어린것들이 갖는 생각이 바로 저것이다.

난 알 건 다 안다.

난 절대 어떤 사기에도 당하지 않는다.

음, 생각은 가상하지만 웃기지도 않는 사상이다. 자기 뜻대로 될 거였으면 벌써 세상은 사기꾼들이 없는 정직하고 평화로운 사회가 되었을 것이다. 물론 내 나이의 학생이 할 말은 아니지만 나는 좀 다르지 않은가? 이래 봬도 폭력, 협박과 협잡, 사기를 비롯한 각종 범죄와 안 좋은 것들은 줄줄이 꿰고 있는 나다. 어지간했으면 대모님이 나를 한국 어둠의 세계를 지배하는 거대한 단체 적호문의 후계자로 생각하고 계시겠는가. 확실히 그런 면에서 난 타고난 것 같다.

"알면 확실히 머리에 새겨둬, 그리고 집에 가서 인터넷 뒤지면서 좀 공부해라. 요즘 웬만한 사기술이나 그런 것들은 다 인터넷에 나와 있으니까. 그것만 알아도 어느 정도 도움이 될 거야."

"응, 알았어. 바로 가서 공부할게."

어느덧 미란이는 매서운 눈빛이 되어 고개를 끄덕였다.

"열심히 연습하고 실력 쌓고… 다 좋아. 하지만 연예계는 그런 것들로만 성공할 수 없는 곳이야. 물론 그것만으로 성공할 수 있는 사람도 있지. 흔히 천재라고 불리는 족속인데, 너나 나는 절대 그런 족속에 해당되지 않으니 그런 건 염두에도 두지 마. 알겠어?"

"응."

"너나 나 같은 사람은 가지고 있는 재능이나 그런 게 워낙에 평범해서 죽도록 노력해 실력을 쌓는 한편, 적어도 우리가 발을 담근 곳이 어떤 수질에 어떤 특성을 지닌 강물인지 확실히 알아둬야 할 필요는 있어. 물론 어지간한 건 내가 알아서 해주겠지만 그렇다고 마냥 나만 믿고 있지 마. 알았어?"

그 말에 미란이가 깜짝 놀라며 나를 바라봤다. 울었는지 미란이의 크고 맑은 눈은 무척 빨갛게 부어 있었다. 그 모습이 퍽 귀여워 나는 미란이의 볼을 좌우로 쭉 늘렸다. 미란이가 허우적거리며 가는 고양이 소리를 냈다. 확실히 하루하루가 갈수록 미란이에게서는 여인의 향기와 성숙함이 점점 더 강해지는 것 같았다. 크고 검은 두 눈동자는 바라보고 있으면 빠져들 것만 같았다.

이렇게 소녀는 여자가 되어간다는 건가?

그렇게 장난을 치는 사이, 어느새 차는 기획사 앞에 도착했다. 나와 미란이는 수고해 준 로드 매니저에게 수고의 말을 건넨 뒤 건물 안으로 들어갔다.

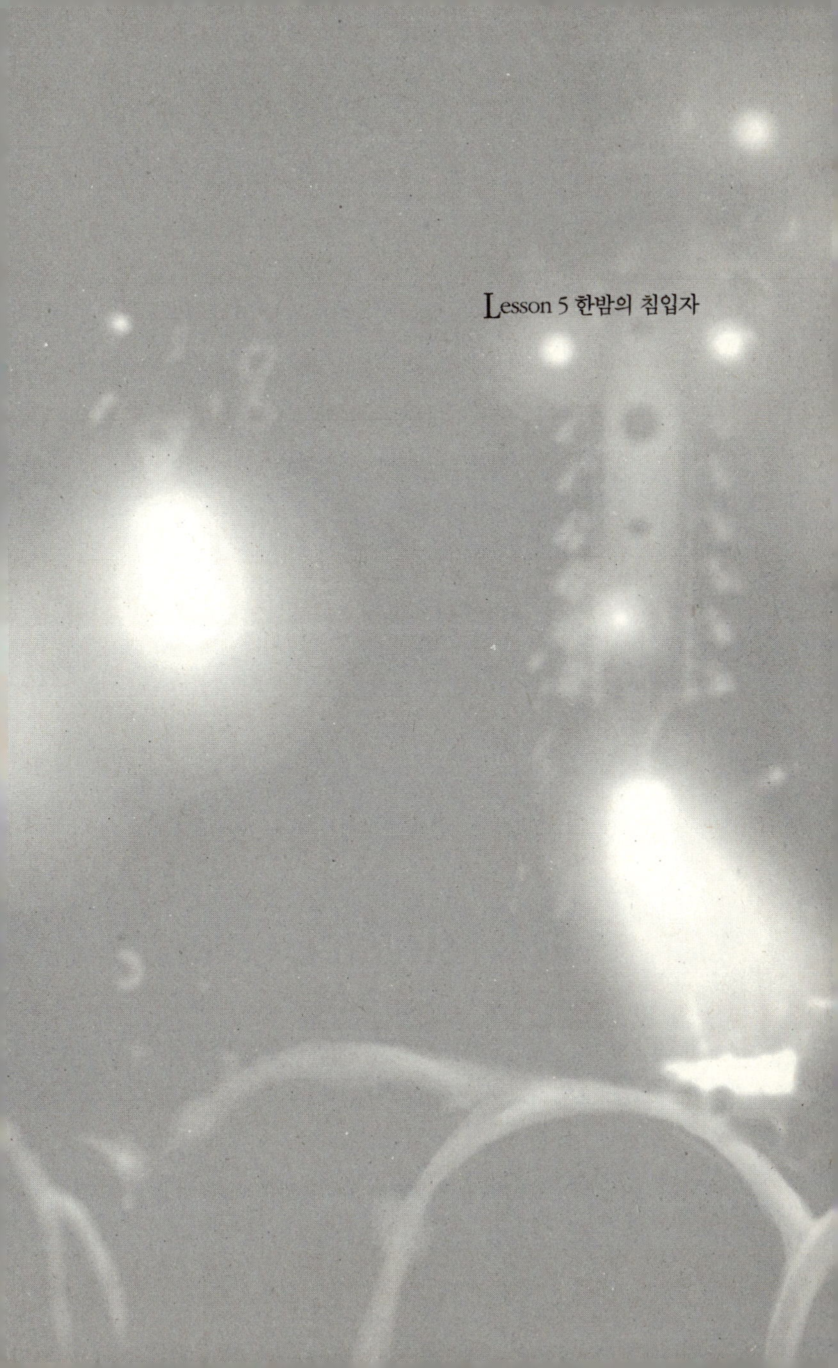

Lesson 5 한밤의 침입자

1

그날은 밤이 어둑어둑해져서야 집으로 돌아갈 수 있었다. 지친 몸을 이끌고 집 대문 앞에 도착한 나는 여느 때와 다름없이 주머니의 키를 꺼내 문을 열려 했다. 그런데 그때,

탁!

지이이잉.

전자음 소리와 함께 자동으로 문이 열리는 것이 아닌가?

뭐, 뭐야, 갑자기? 누가 온 건가?

그렇게 놀라고 있을 때 이번에는 벽면에서 익숙한 목소리가 들려왔다.

―유빈이 왔냐? 늦었구나. 어서 들어오너라.

"아, 할아버지? 이제 오신 거예요?"

―그래. 빨리 들어와라.

할아버지가 왔다!

한 달이 지나고 몇 달이 지나도 연락이 없던 할아버지가 드디어 도착했다.

난 황급히 달려 안으로 들어갔다. 그동안 대체 어디서 뭐 하고 있었는지, 그리고 나에게 무슨 일이 있었는지 알려주고 싶어 환장할 지경이었다. 바삐 안으로 들어가자, 문 앞에서 흰색의 개량한복을 입은 재섭 할아버지가 전과 다름없는 여유로운 표정으로 날 반겨주었다.

"안으로 들어가자꾸나. 하고 싶은 이야기가 많지?"

"네! 그런데 어떻게 알고 들어오셨어요? 열쇠도 없으셨을 텐데……."

"훗. 네 어머니에게 받았다. 여분으로 몇 개를 가지고 있더구나."

"어머니와 만나신 거예요?"

"훗, 내가 너보다도 네 어머니를 더 빨리 만난 몸이시란다."

"오~ 하긴, 그럴 수도 있겠네요? 어쨌든 들어가죠."

우리는 이런저런 이야기를 나누며 응접실로 들어갔다.

"그동안 어디에 갔다 오신 거예요?"

"잠깐 해외에 다녀왔다. 진작 오려고 했는데 녀석들의 감시망이 워낙에 삼엄해서…… 어쨌건 겨우 눈을 따돌렸으니 한숨 좀 돌리겠구나."

"후우, 나이가 몇인데 아직도 그렇게 바삐 돌아다니세요? 그건 그렇고, 정말 궁금한 게 있는데 이건 꼭 제대로 대답해 주세요. 할아버지 쫓는 그 녀석들, 오비파 놈들 맞죠?"

"……"

할아버지는 아무 말도 하지 않았다. 그러나 그것도 잠시, 곧 한숨을 내쉰 뒤 말했다.

"반 정도는 맞았다. 하지만 내가 상대하려는 놈들은 더 큰 놈들이다. 오비파는 그 녀석들의 수많은 하부 조직 중 하나일 뿐이야."

"그렇다면 역시… 그 다국적 기업이라는 정체 모를 곳인가요? 세계 각국의 언론과 방송을 장악해 문화 침투를 하고 있다는?"

"…외할아버지에게 들었나 보구나."

"뭐, 그런 거죠. 이래 봬도 우리 집안이 좀 빵빵하잖아요? 대모님에게 들은 것도 있고. 아, 대모님도 할아버지를 아시는 것 같던데, 역시 우리 집안과 뭔가 인연이 있는 건가요?"

나는 일부러 아무렇지도 않은 듯 지나가는 어투로 슬쩍 운을 떼었다. 이미 그간의 경험으로 할아버지의 정체에 대해서는 어느 정도 짐작하고 있는 게 있었기 때문이다.

내 생각이 맞는다면 아마 할아버지는…….

띵동.

그때 초인종 소리가 들려왔다.

누구야? 이 중요한 순간에.

삑.

난 자리에서 일어나 인터폰을 켰다. 그러나 어두운 탓인지 고의적인 건지 화면에는 아무것도 뜨지 않았다.

"누구세요?"

—가스 점검 나왔습니다. 강유빈 씨 댁 맞으시죠?

"……."

내 물음에 대한 짤막한 대답.

난 왠지 모를 불안감에 현관 한쪽에 세워놓았던 목검

을 집어 들었다. 물론 모든 사람이 그러겠지만 난 주먹보다 무기를 들 때 더욱 강하다. 우리 집안과 그 알 수 없는 단체들에 대해 알게 된 직후부터 알게 모르게 무기가 될 수 있는 것들을 집안 곳곳에 배치해 두었다.

"유빈아, 조심해라."

"네. 걱정 마세요."

걱정스런 표정을 짓는 할아버지에게 난 자신있게 웃어 보였다. 목검을 든 이상 쉽게 당하지는 않는다.

땡동땡동.

또다시 들려오는 초인종 소리.

사람을 바보로 아는 건가? 이런 저녁에 가스 점검이라고?

정체가 어찌 됐든 넌 죽었다!

난 그렇게 속으로 외치며 기세등등하게 현관문을 나섰다.

곧 정원을 지나 대문 앞에 도착한 나는 한쪽에 마련된 좁은 문 앞에 서서 일부러 헐레벌떡 뛰어온 것처럼 크게 외쳤다.

"죄송합니다, 정원이 너무 넓어서! 곧 열어드릴게요."

"아뇨. 밤늦게 찾아와서 저희가 죄송하죠."

저희라…… 완전히 걸렸어!

난 한쪽으로 비켜 서며 언제라도 목검을 내려칠 준비를 했다. 동시에 천천히 문을 딴 뒤 손을 치켜들었다.

끼익.

곧 문이 열리며 누군가가 들어왔고,

"에라!"

휘익!

난 확인도 하지 않은 채 힘껏 목검을 내려쳤다. 그때 들려온 비명 소리.

"꺄아악!"

뭐, 뭐야?

그것은 분명 찢어질 듯한 여자의 비명 소리였다. 난 황급히 힘을 거두려 했으나…….

빠악!

내가 무슨 검의 달인도 아니고, 그나마 마지막 타격 때 최대한 힘을 거둔 탓에 머리가 박살나거나 하는 불상사는 일어나지 않겠지만 그래도 흑단목으로 만든 최고급 품질의 목검이었다. 사람이 아무런 대비도 없이, 그것도 연약한 여자가 정통으로 맞고 버틸 수 있을 리 없었다.

풀썩.

힘없이 쓰러지는 긴 생머리의 여인.

"꺄아악! 미란아!"

그때 뒤에서 들려온 익숙한 목소리.

잠깐, 잠깐. 뭐? 누구? 미란이?

"미란아! 미란아!"

짧은 커트 머리의 누군가가 재빨리 문 안으로 뛰어들어 왔고, 순간 깜짝 놀라 나도 모르게 뒤로 물러섰다.

한밤의 수상한 방문자는….

"미란아! 정신 차려, 미란아!"

"…수진이? 너희가 왜……?"

"오빠, 바보! 멍청이! 야만인!"

바로 수진이와 미란이었다.

어떻게 된 거야, 이게?

정말 다행스럽게도 미란이는 아무 이상 없이 깨어났다. 정말 한숨을 크게 돌린 순간이다. 살면서 이렇게 긴장해 본 적도 없을 거다.

"엉엉엉!"

"미안하다. 정말 난 수상한 놈인 줄 알고……."

미란이는 깨어나자마자 아이처럼 큰 목소리로 울었고, 나는 대체 어떻게 달래줘야 할지 몰라 난처하기만 했다. 그나마 수진이가 미란이를 꽉 껴안아주며 달래주었지만 어지간히도 충격이 컸던지 미란이는 정말 한참 동안이나 서럽게 울었다.

"아후, 그러게 밤늦게 누가 수상하게 찾아오래? 뻔히 내 성격 알면서……."

"그래서 우리가 잘못했다는 거야? 응?"

"아, 아니, 그게 아니라……."

내 변명에 수진이가 쌍심지를 켰다. 몸서리 칠 정도로 귀엽고 예쁜 애가 눈을 흘기니 그것도 새로운 매력으로 다가왔지만, 지금은 그저 닥치고 잘못을 빌어야할 때.

"이놈의 성격이 문제지. 에효! 내가 목검을 들고 나오는 게 아니었어. 그냥 맨손 격투를 각오하고 나왔으면 그런 불상사는……."

거기까지 중얼거리던 나는 말을 멈추고 잠시 생각했다.

뭔가 어감이 이상했기 때문이다. 듣고 있던 수진이가 기가 막힌다는 듯 내 실수를 큰 목소리로 타박했다.

"그러면 우리를 맨손으로 쥐어 팼어야 했단 말이야? 오빠, 그렇게 야만인이었어?"

"엑? 그, 그런 건 아니고, 내 말은 그냥……."

"됐어! 우리에게 이사 갔다는 소리도 안 해주고… 이렇

게 큰 집에서 잘산다는 이야기도 안 해주고…… 뭐야! 그
러고 보니 우리를 다 속이고 있었잖아? 너무해! 우리, 의
도적으로 따돌리고 있었던 거야? 지켜주겠다면서!"

"야, 이야기가 왜 또 그런 쪽으로……."

"시끄러워! 오빠 실망이야! 흑, 미란아, 괜찮아?"

"흑흑."

에효, 정말 찍소리도 못하게 하네.

뭐, 내 잘못이 있으니 정말 할 말 없다. 막말로 마지막
순간 힘을 빼지 않았다면 미란이는 정말 최소 식물인간,
최대 사망에 이르렀을 것이다. 난 또 할아버지를 쫓아온
오비파 놈들인 줄 알았더니, 이건 또 뭐야?

사실 지금도 얼떨떨하다.

"바보 오빠. 아무리 목소리를 변조시켰더라도 그렇지
어떻게 우리 목소리도 몰라? 그러고도 미란이 매니저
야?"

"에고, 할아버지랑 좀 심각한 이야기를 하고 있었거든.
어쨌든 정말 미안하다. 미란아, 좀 괜찮아?"

"…좀 정신이 없어서 잠깐 누워 있어야 할 것 같은 것
과 머리에 혹도 난 것 같고 속도 매스꺼운 게 구역질이 날
것 같은 것만 빼면 괜찮은 것 같기도 해."

"그, 그러냐? 하하……."

어색하게 웃으며 날 째려보는 미란이의 시선을 슬그머니 피했다.

미란이는 퉁퉁 부은 눈으로 내게 타박 아닌 타박을 했고, 난 한참 동안이나 수진이와 미란이의 정신 공격을 감내해야 했다. 그렇게 한참이 지나서야 난 두 사람에게 용서를 받을 수 있었고, 겨우 숨을 돌린 난 두 사람에게 물었다.

"우리 집은 어떻게 알고 찾아온 거야? 이 늦은 시간에."

"내일 쉬는 날이잖아. 오빠 얼굴 보고 싶어서 고시원에 찾아갔더니 이사 갔다고 하더라? 주인 언니가 가르쳐 줘서 겨우 찾아온 거야."

"고, 고생 많았겠구나."

"별로. 그래도 이쪽 어딘가라고 해서 좀 헤맨 것과 밤거리를 걷는데 웬 양아치 같은 자식들이 계속 치근대던 거 제외하면 별일없었어."

"……."

음, 아무래도 조만간 비싸고 멋진 곳에서 맛난 것을 사 주지 않으면 평생 이런 식으로 당할 것 같은 느낌이다. 어지간한 곳에서 인심 쓰는 척했다가는 더 당할 것 같으니. 에고, 아무래도 이런 문제는 삼촌들에게 도움을 요청

해야 할 듯싶은데? 여자를 대하는 것에는 삼촌들을 따를 사람이 없으니.

"화 좀 풀어라. 좋아. 내일 쉬는 날이라고 했지? 내가 내일 정말 멋진 곳에 데려가 줄게. 내일은 내가 쏜다! 그것도 크게!"

"정말? 오빠가?"

"와아~ 진짜야?"

"그럼. 나만 믿어. 내가 확실히 쏠 테니까."

"흐음, 그럼 이만 용서해 주도록 할까?"

"진짜 그만 하자. 후훗. 이것도 꽤 재미있었는데, 그치?"

"응. 죽을 뻔했던 것만 빼면."

"호호훗!"

에고, 내가 다음부터 이런 실수를 저지르면 인간도 아니다.

또다시 즐겁게 웃는 그 모습들을 바라보며 한편으론 다행스러운 생각이 들었다. 그런 일을 당했으면 정말 노발대발하며 화를 내도 부족할 판에 오히려 장난을 치며 아무것도 아니라는 듯 행동하니 왠지 더욱 미안하면서도 저 아이들이 미칠 듯 예쁘게 느껴졌다.

에고~ 귀여운 것들. 정말 내 친동생들이라면 콱 껴안

고 실컷 뽀뽀해 버릴 텐데.

"그런데 이렇게 큰 집은 어떻게 된 거야? 오빠 부자였어? 그런데 왜 전에는 그런 후진 곳에서 살았던 거야?"

"아, 그게 좀 사연이 있어. 음, 그냥 간단하게 아버지의 선물이라고 생각해라."

"아버지? 오빠, 아버지도 있었어?"

"…어머니도 계시는데?"

"와아~! 정말? 대단하다!"

"놀랍다! 우리는 오빠가 고아인 줄 알고 있었는데… 가족이 있었단 말이야?"

"…쌍둥이 남매도 친동생으로 두고 있는 몸이란다. 사정이 있어서 혼자 독립해서 사는 것뿐이야."

"와~ 그럼 본가가 따로 있다는 거야?"

"본가랄 것까지는 없고… 그냥 고향집이 있는 거지."

"대단하다! 언뜻 보니 우리 집보다도 훨씬 비싸고 커 보이던데… 어지간히 잘살아서는 이런 건 꿈도 못 꾸잖아? 오빠네 집안 대단한가 보다?"

"별거 아냐."

사실 이 아이들에게 우리 집안에 대해 말해도 상관은 없다고 생각되지만 이상하게 밝히기는 싫었다. 뭐랄까, 사실 누구에게라도 우리 집안에 대해 밝히기는 싫다. 못

미더워서가 아니라 내 스스로가 여러모로 거리껴져서 싫다.

"그렇구나. 그럼 집 구경 좀 시켜줘."

"그럴까? 그럼 나가자."

"응."

두 사람은 초롱초롱 빛나는 눈빛으로 나를 바라봤다.

곧 집안을 돌아본 후 변할 표정들을 상상하며 난 기분 좋은 미소를 지었다.

"세상에!"

"어쩜……."

집안을 돌아다니는 내내 아이들은 입을 다물 줄 몰랐다. 하긴, 여기 살고 있는 나도 적응이 안 되는데 오늘 처음 보는 너희들은 오죽하겠니? 난 넋을 놓고 있는 아이들을 이끌고 부지런히 이 넓은 집안 곳곳을 돌아다녔다. 최신 시설이 모두 완비된 개인 헬스장부터 최고급 호텔의 그것을 연상케 하는 각 방의 인테리어와 영화 관람실까지.

삼촌들이 해준 선물은 내가 생각해도 좀 너무한 감이 있었다.

난 사실 그동안 삼촌들이 계속 뭔가를 해주려 할 때 정중히 여러 가지 타당한 이유를 들어 거절했다. 하다못해 미국의 거대 종합병원을 운영하고 있는 상찬이 삼촌의 경우, 나더러 미국으로 오라며 베버리힐즈 쪽에 헐리웃 스타 못지않은 초호화 저택을 생일 선물이랍시고 주려 했던 적도 있다. 물론 새로 산 것이라면 안타까워서라도 가졌겠지만 삼촌이 지닌 여러 집들 중의 하나였을 뿐이었기에 다행스럽게도 거절할 수 있었다

그 흔한 용돈조차도 받은 적이 없는 나다.

그러니 삼촌들은 어떻게 해서든 내게 무언가를 해주려 눈을 번뜩이고 있던 차였는데, 처음으로 받아본 아버지의 편지에 그런 어마어마한 금액이 용돈이랍시고 끼어 있었으니 이 일을 빌미 삼아 삼촌들은 기다렸다는 듯 이런 엄청난 집을 내게 준 것이다. 집 짓는 데 쓰라고 건네준 통장은 돈이 하나도 빠져나가지 않은 채 그대로 되돌아왔다. 난 하다못해 어머니에게 맡기려 하자 오히려 어머니는 아버지가 준 용돈을 함부로 하냐며 날 꾸중하셨다.

뭐, 말은 이렇게 했지만 나라는 녀석에 대해 잘 알고 또 믿고 있었기에 그렇게 하실 수 있었는지도 몰랐다. 내가 생각해도 나는 세상을 너무 잘 알았고, 또 남들은 평생을 걸려도 하지 못할 위험한 경험들을 어린 시절부터 숱하

게 해내왔기 때문이다.

하다못해 대모님께서는 내가 고등학교를 졸업하는 그 날로 후계자로 공언하겠다 하실 정도였으니……. 제길, 내가 하고 싶은 건 음악인데 왜 하필 이상한 쪽으로 재능이 쏠려서 그러는 건지……. 음, 이것도 남들에게는 행복하다 못해 배 터져 죽을 정도의 고민이겠지?

"여기가 마지막으로… 내 개인 연습실과 녹음실이 있는 곳! 어때, 쓸 만하지?"

"……."

"……."

결국 마지막으로 지하실에 마련된 두 곳을 보여줄 때, 두 아이는 그나마 종종 터져 나오던 감탄사조차도 잊어버리고 말았다.

괜히 멋쩍어 머리를 긁적이는 나에게 한참 후에야 수진이가 더듬더듬 말했다.

"오, 오빠, 오빠네 집안… 대체 뭐 하는 집안이야? 여기 있는 기계 하나하나… 장비 하나하나가 완전……."

그리고 또다시 입을 다문 수진이. 미란이는 생전 처음 보는 별세계에 아예 서 있을 기력조차도 없는 것 같았다. 수진이는 겨우 제정신을 찾고 비명을 지르듯 내게 소리 쳤다.

"이것들 모두 국내에서는 판매되지도 않는 초고급 장비들이잖아? 하다못해 여기 있는 마이크들조차도 어지간한 서민들 전셋집 가격이라고!"

"그, 그렇게 비싼 거였냐?"

"그 정도가 아니야! 아까 봤던 그 헬스장의 기구들도 그렇고, 1층 응접실이랑 영화 관람실도 그렇고… 이 정도면 어지간한 재벌 집도 감히 엄두도 못 낼 수준이야! 오빠네 집안, 대체 뭐 하는 집안이야? 이제까지 무슨 이유 때문에 그런 후진 고시원에서 고생하며 살았던 거야? 응?"

"아하하……."

이렇게까지 다그치면 더욱 말하기가 곤란해진다.

그러나 수진이뿐 아니라 의자에 주저앉아 멍 때리고 있던 미란이 역시 내게 답을 구하는 눈빛을 보내왔다. 흠, 하지만 좀 그렇다. 워낙에 대단하게 생겨먹은 집안이라 아무리 미란이와 수진이라도 우리 집안의 내력에 대해 밝히고 싶은 생각은 없다.

그냥 이대로가 좋다.

"나도 잘 몰라. 고등학교 오고 나서부터는 완전히 집안에 대해 관심 끊었거든. 그리고 이거 집안에서 해준 거 아냐. 아버지는 집안과는 별개로 혼자 외국에 떠돌아다니셔서… 나도 어린 시절 이후로는 한 번도 만나본 적 없어. 집안과는 싸우고 나온 거기 때문에… 말하기가 좀 그렇다. 이해해 줘."

"아……."

난 일부러 뭔가 깊은 아픔이 있는 녀석처럼 침중한 눈빛을 하며 씁쓸한 미소를 지었다. 미란이와 수진이는 멋모르고 난리친 자신들이 부끄럽다는 듯 아무 말을 못했다. 원하지는 않았지만 그로 인해 어색한 공기가 흘렀다. 난 이 정도면 됐다 싶어 연기를 끝내고 활짝 웃으며 말했다.

"올라가자. 내가 맛있는 야식 만들어줄게."

그렇게 밤이 깊어져서야 우리는 꽤 시간이 늦어졌음을 인지했다. 그래서 아이들을 돌려보내려 했지만 이미 우리 집안 분위기에 푹 빠진 아이들은 돌아갈 생각을 하지 않았다. 오히려 자신들은 연습을 해야겠다며 이곳에서 하룻밤 자고 갈 것을 당당히 요구했다. 이럴 때 할아버지라도 있으면 설득해 귀가시키는 데 도움이 되었을 법도 했지만 할아버지는 내가 미란이를 업고 온 순간에 피곤하다며 2층 방으로 올라가 버린 후였다.

"그래, 연습실이든 영화 감상실이든 원하는 대로 실컷 써라!"

"와아아!"

"오빠 만세!"

결국 거센 항의와 요구를 이기지 못한 나는 어쩔 수 없이 허락해야 했다. 아이들은 기뻐하며 재빨리 집에 전화했고, 속으로 거절당하기를 은근히 기대하던 난 마지막 기대마저도 꺾어야만 했다.

제길!

무슨 부모들이 이래? 쟤네들 집은 통금이나 그런 것도 없나? 애들 관리는 안 하는 거야?

"오빠, 녹음실로 가자!"

"오빠, 장비 다룰 줄 알지? 오빠가 잘 봐줘! 와~ 이런 고급스런 스튜디오에서 작업할 수 있다니… 꿈만 같아! 앞으로 시간나면 매일 와서 연습하자, 미란아!"

"그러잖아도 나도 그럴 생각이었어."

어이구, 이거 갈수록 태산이다.

제길, 이럴 줄 알았으면 지하의 존재는 비밀로 남겨둘 것을 그랬나? 뭐, 후회해도 늦었겠지?

그날 밤, 나는 날이 밝아서야 겨우 잠들 수 있었다.

Lesson 6 방문자

MUSIC ON
1

"자, 고개 숙이고, 살짝 미소 짓고. 오케이! 좋아. 찍는
다."

찰칵! 찰칵!

난 지금 앨범재킷 촬영장에 와 있다.

백색의 스튜디오에서 미란이는 꽤나 청순하게 보이는
하늘색 원피스를 입은 채 마치 사랑을 고백하려는 수줍
은 소녀 마냥 미소 짓고 있었다. 난 벽에 살짝 기댄 채 그
모습을 조용히 지켜보고 있었는데, 음, 저 사진사 이름이
조오연이라는 여류 작가라 했던가? 완전 불타오르는데

그래?

"여기까지. 두 번째 컨셉은 조금 쉰 다음 찍도록 하자!"

"수고하셨습니다."

첫 번째 촬영이 드디어 끝났다.

원래 섹시 컨셉으로 가기로 했던 것을 다시 회의한 끝에 청순하고 풋풋한 여고생의 이미지로 나가기로 결정됐다. 나야 매니저이니 아무런 관여도 안 했지만 그건 잘한 선택이라고 생각한다.

"오빠, 나 어땠어?"

"아주 좋았어. 저 작가, 완전 불타오르던걸? 모델이 좋아서 신이 났나 봐."

내 말에 미란이는 미리 준비해 둔 미니 의자에 앉으며 푸욱 한숨을 내쉬었다. 촬영이라는 게 의외로 정신적, 육체적 에너지 소모가 많은 터라 난 바로 그에 합당한 음료수를 종이컵에 따라준 뒤, 이번에는 작가에게 다가가 인사를 건넸다.

"정말 수고 많으셨어요. 완전 불타오르시던데… 미란이 어떤가요?"

"아, 호호! 정말 모델이 좋아요. 손댄 곳 하나도 없는 아이죠?"

"와, 어떻게 아셨어요?"

"제가 이 밥만 십여 년을 먹었어요. 그것도 모르면 카메라를 손에서 놔야죠."

"그렇군요. 역시 프로라는 건가요? 다른 사람들은 막 어디서 고쳤냐고 물어보던데."

"이런! 보는 눈이 없는 사람들이군요? 뭐, 그럴 수도 있겠네요. 저 아이, 이미지가 너무 좋아서… 첫 촬영에, 그것도 완전 초짜 신인에 나이도 어린 여고생이 이렇게 당당하고 자연스러운 건 처음 봐요. 앞으로 매니저 일 힘들어질 것 같군요."

"그거 반가운 소식이네요. 정말 좋게 봐주셔서 감사합니다."

"별말씀을."

난 그녀에게 고개를 숙이며 인사했다.

30대 중반의 여류 작가 조오연.

그녀는 짧은 단발의 건강하고 활동적으로 보이는 인상이었는데 말하는 것과 웃는 게 시원시원해 왠지 모를 호감이 느껴졌다. 아, 물론 여자로서의 호감은 아니다. 인간으로서 마음에 든다는 소리다. 우리가 그렇게 웃으며 이야기하고 있을 때 미란이가 다가왔다.

"뭐 해? 혹시 내 흉보고 있던 건 아니지?"

"오~ 천잰데? 어떻게 알았어?"

웃으며 다가오는 미란이에게 나는 그렇게 대꾸했다. 확실히 제 언니인 민아보다 밝고 활달한 탓인지 사람을 대하는 것에 있어 망설이지 않고, 또 상대의 기분을 잘 맞춰주는 게 참 보기 좋았다. 물론 그렇다고 조용조용하고 약간은 소심했던 민아가 보기 안 좋았다는 건 아니다. 하지만 지금 생각해 보면 연예인으로서는 민아가 아니라 미란이가 더 맞는 것 같다.

"자, 다음 촬영 시작해 볼까? 서로 스케줄이 많이 밀려 있으니 신속하게 움직이는 게 좋겠지?"

"그래주면 고맙죠. 그래도 저희는 아직 초짜라서 많이 널널해요. 바쁠 게 없거든요."

"그런가? 후후, 어쨌든 시작해 보지. 자, 미란이는 빨리 다음 컨셉의 옷으로 갈아입고 오도록 해."

"네. 오빠, 같이 가자."

"응? 내, 내가? 왜?"

"매니저잖아! 도와줘야지!"

"뭐? 야, 야! 그래도 이건 좀……."

"푸훗!"

당황하며 반항하는 나를 미란이가 엄한 표정으로 잡아끌었다. 그렇게 티격태격하는 우리 둘의 모습을 보며 조오연 씨는 결국 웃음을 터뜨리고 말았다. 그렇게 이른 아침에 시작되었던 재킷 촬영은 해가 질 무렵에서야 끝났고, 나는 미란이를 연습실에 바래다 준 후 미리 연락해 두었던 PD들과의 1차 미팅에 나가야 했다.

그날도 나는 새벽 두 시에야 겨우 집에 돌아올 수 있었다.

후우, 어떻게 아직 데뷔도 안 했는데 이렇게 쉴 틈이 없냐?

"그래서 말하지 않느냐? 노래는 온몸으로 부르는 거라고."

"그러니까 그게 이해가 안 된다니까요? 액션을 말하는 거예요, 아니면 발성법을 말하는 거예요? 딱 집어 말해달라고요!"

다음날 아침, 쉬는 날이었지만 전날 밤 과제와 레슨을 못한 이유로 나는 이른 시각부터 녹음실에서 연습을 해야 했다. 그날도 할아버지와의 말싸움은 간단한 의문에서 시작되었다. 왜 노래는 온몸으로 부른다고 하는 것일까? 과제 노래를 부르다가 또다시 야단을 맞고 만 나는 언제나처럼 날아오는 '노래는 온몸으로 불러야 한다!' 라는 호통에 결국 참지 못하고 의문을 제기하고 말았다.

그러나 할아버지의 대답은 간단했다.

"그건 네가 노래를 부르며 느껴야 한다. 한데 아직도 그 사실을 못 느꼈으니… 아무래도 과제의 강도를 좀 높여야 할 듯싶구나."

"강도를 높여요? 어떻게요?"

"간단하지. 네 키가 너무 높아서 지금 부르는 과제를 너무 만만하게 소화하고 있으니 좀 어려운 노래를 시키면 되는 문제다. 녀석, 괜히 쓸데없는 건 제 아비를 닮아가지고는… 쯧쯧."

"아버지요?"

아버지가 거론되자 난 귀를 쫑긋하며 물었다.

노인은 피식 웃으며 말했다.

"왜, 아비라니 관심이 생기냐?"

"당연하죠. 아버지에 대해 이야기 좀 해주세요. 어릴 적부터 미성이었나요?"

"허, 그 녀석 참 궁금한 것도 많구나. 내가 그 녀석 어린 시절을 어떻게 안단 말이냐?"

"에이, 그래도 같이 생활하며 들은 건 있을 것 아니에요? 어땠어요, 네? 어릴 적부터 재능이 있었나요?"

"흐음, 글쎄다. 그건 네 삼촌들에게 물어보는 게 빠를 듯싶구나. 자자, 잔소리 그만 하고 목마른데 막걸리나 좀 받아오려무나. 목이 컬컬해서 소리를 치기가 힘들구나."

"에이, 또 막걸리. 그러다 몸 안 좋아져요."

"안 취하면 된 거지. 그리고 내 몸은 내가 챙길 테니 쓸데없는 소리 말거라. 다녀와! 어서!"

"에효. 네, 네."

난 고개를 저으며 녹음실을 나섰다. 간단히 지갑과 옷을 챙겨 입고 대문을 나서던 나는 집 앞에 검은 차가 멈춰서는 것을 보곤 흠칫했다.

'누구지?

이 시간에 날 찾아올 사람이 없을 텐데?

난 살짝 경계하며 대문 뒤로 물러섰지만 곧 행동을 멈춰야 했다. 문에서 내린 사람은 내가 너무도 좋아하는,

"오랜만이구나, 유빈아."

바로 미국에 가셨다던 수한이 삼촌이었기 때문이다.

난 살짝 한숨을 내쉰 뒤 다가오는 삼촌에게 미소를 지어 보였다. 하나 내 표정은 다시 굳어지고 말았다. 뒤이어 내린 기다란 금발의 너무도 매혹적인 이국의 미녀가 내 이목을 사로잡아 버린 것이다.

간단히 흰색의 배꼽티에 청바지를 입었을 뿐이지만 눈부신 몸매의 그녀는 존재 자체로 빛이 나는 것 같았다. 저런 걸 후광이라고 하던가? 누구지? 수한이 삼촌 애인인

가? 맞아, 그럴 거야! 오오! 드디어 나에게도 숙모님이 생기는 건가?

"우와! 삼촌 정말 능력 좋으시네요? 이런 슈퍼모델 같은 미녀 분은 또 언제……."

"뭐? 애인? 이 녀석이 무슨 소리를……."

내가 옆구리를 툭툭 치며 능글맞은 표정을 지어 보이자 삼촌은 기가 막힌다는 듯 설레설레 고개를 저었다. 어느새 내 앞으로 다가온 금발의 미녀는 빼꼼히 나를 내려다보다가 히죽 웃었다. 제길, 나도 작은 편은 아닌데 이렇게 보니 내가 너무 초라해 보이잖아!

뭐, 그래도 형수님이 될 분이니 이 정도는 너그럽게 용서해야…….

그러나 다음 들려온 미녀의 말은 너무도 놀라운 것이었다.

"넌 전혀 변한 게 없구나? 여전히 귀여워. 오랜만이야, 강유빈."

"…뭐?"

그러면서 신비롭게 웃고 있는 그녀. 내가 멍한 표정을 짓자 이번에는 수한이 삼촌이 의미심장한 미소를 지으며 내 머리를 콩 때렸다.

"녀석, 완전히 넋이 나갔구나. 처음 만났을 때에는 왈가

닥에 깡패라고 그렇게 울부짖더니… 정말 기억 안 나니?'

"네, 네? 깡패? 왈가닥? 아는 사람… 아닌데요?"

"뭐? 허~ 이 녀석 보게? 누가 수호 아들 아니랄까 봐 붕어 같은 기억력 하고는… 쯧쯧."

"부, 붕어라뇨? 그리고 진짜 모른단 말이에요! 제가 언제 이런 유럽계 혼혈 여자와 안면을 튼 적이 있……."

순간 나는 말을 끝까지 잇지 못했다.

그러고 보니 안면을 튼 적이 분명 있긴 있었던 것이다.

미녀는 히죽 웃으며 유창한 한국어로 말했다.

"정말 실망이야. 내가 날 그렇게 잊지 말라고 말했는데… 너무해, 유빈!'

"으음, 누구지? 나보다 키가 크면서 유럽계 혼혈에… 유창한 한국말이면……."

그러고 보니 아버지가 편지에서 그랬다.

아마 나도 아는 사람일 거라고.

그렇다고 한다면 설마……!

"…뉘신지요?"

"어이쿠!'

내 조심스런 물음에 삼촌이 이마를 짚고 말았다.

하지만 어쩌라고? 정말 기억이 나지 않는걸. 이쯤 되니 여인도 더 이상 웃을 수만은 없었던 모양이다. 입을 삐죽이던 여인은 갑자기 내게 헤드록을 걸더니 세게 목을 조이며 애교 어린 목소리로 투정을 부리기 시작했다.

"너무해! 정말 너무해! 내가 얼마나 유빈이 만나기를 기대하며 왔는데! 어릴 때에도 볼 때마다 모른 척하더니 또 이래? 바보! 바보야! 유빈이는 바보야! 익익!"

"으윽!"

이걸 고통스러워해야 하는 건지 행복해해야 하는 건지, 말이 헤드록이지 온몸에서 풍겨나는 향긋한 미녀의 체취에 난 정신줄을 놓기 일보 직전이었다. 풍만한 가슴에 만지기조차 황송할 지경인 구릿빛의 건강하고 탄력적인 피부, 허리는 또 얼마나 절묘하게 빠졌는지 가끔씩 허둥대던 내 손이 닿을 때마다 전기가 찌릿할 정도였다.

그나저나 내게 이런 식으로 헤드록을 걸던 겁없는 왈가닥이 있긴 있었던 것 같은데…….

"뭐냐? 막걸리 심부름 보냈더니 왜 문 앞에서 난리야?"

그때 뒤에서 퉁명스런 목소리가 들려왔다.

그러자 여인도 헤드록을 멈추곤 반가운 표정을 지어보였다. 그러더니 힘껏 몸을 날려 노인을 꽉 끌어안으며 외쳤다.

"할아버지! 정말 오랜만이에요! 너무 보고 싶었어요!"

"어이구, 이 골칫덩이는 또 뭐 하러 나타났누?"

"할아버지 보고 싶어서 이렇게 달려왔죠. 할아버지는 저 안 보고 싶었어요?"

"에잉, 안 보고 싶었다!"

"거짓말."

맞다. 거짓말이다. 말은 퉁명스럽게 해도 할아버지의 얼굴은 따스함으로 가득해 있었다. 마치 오랜만에 만난 귀여운 손녀를 보는 것처럼 말이다. 수한이 삼촌 역시 반가운 표정으로 다가가 말했다.

"그 일 이후로 오랜만에 뵙는 것 같군요. 반갑습니다, 아저씨."

"그래, 너도 오랜만이구나. 신수가 훤칠한 게 잘 지낸 듯싶구나."

"덕분이죠."

수한이 삼촌은 그렇게 말하며 웃었다. 여인은 여전히 할아버지의 한쪽 팔을 껴안은 채 어리광 비슷한 것을 부리고 있었는데 다 큰, 그것도 몹시 섹시한 이국의 미녀가 그러고 있으니 왠지 마음 한구석이 찌르르 울려오는 느낌이었다.

음, 이런 걸 훈훈한 느낌이라고들 하던가?

"그나저나 유빈이는 어쩜 그리 수호 삼촌이랑 똑같은지 모르겠어요. 생긴 것도 그렇고 사람 얼굴 잘 까먹는 것도 그렇고. 아, 물론 아저씨는 일부러 장난으로 그러는 게 크긴 하지만."

"후후. 네가 이렇게 전혀 다른 모습으로 장성했으니 그럴 만도 하겠지. 이제 그만 하고 네 정체를 밝히지 그러냐?"

"피, 정체라고 할 게 뭐 있나요? 모르면 그냥 계속 모르고 있으라죠. 바보."

여인은 그렇게 말하곤 팔짱을 끼며 홱 고개를 돌렸다. 자기 삐쳤다는 것을 보여주려 저러는 것 같은데, 후우, 아직도 골이 띵하구먼. 그래서 그런가? 슬슬 그녀가 기억이 나고 있었다.

"깡패 같은 왈가닥에 삑하면 목 조르며 헤드록 거는 버릇. 음, 그러고 보니 분명 그런 무지막지한 애를 한 명 알고 있긴 했지. 아마도 음인이 삼촌 집에 놀러 갔다가 본 것 같은데… 음."

김음인.

영어 이름으로 루이슨 하워드라 하며, 아버지의 두 의형제 중의 한 명인 이분은 전 스테라라는 록 그룹으로 한때 세계를 열광의 도가니로 몰아넣었던 금세기 최고의 천재 뮤지션이었다. 음인이 삼촌은 외국 재벌가의 손녀랑 결혼했는데 그 사이에서 나온 딸이 바로 레이첼 하워드라 하는, 금세기 최고의 말썽꾼이었다.

기억하기로 마지막 만남은 내가 일곱 살 때, 수영을 못하는 내게 수영을 가르쳐 주겠답시고 자택 내부에 있는 거대한 수영장에 날 강제로 빠뜨린 다음, 머리를 눌러 날 익사시키려 했던 것이다. 그러면서 했던 말이, 수영을 하려면 반드시 잠수를 할 줄 알아야 한다나? 결국 물을 잔뜩 먹은 난 병원으로 실려 갔고 그 후로 어머니의 분노 때문에 더 이상 음인이 삼촌 댁에 갈 수가 없었다.

와, 생각해 보니 기억 못하고 있던 게 당연한 거였구나.

저런 악몽을 구태여 머릿속에 저장하고 싶어하는 바보가 누가 있겠는가 말이다.

"기억났지? 응?"

"…막걸리 사올게요."

빌런도 저런 상 빌런이 없을 터인데 그저 섹시한 슈퍼 모델 같다고 헬렐레하고 있었다니……. 걸리면 무슨 호된 꼴을 당할지 모른다. 난 바로 몸을 홱 돌려 자리를 떠나려 했다. 물론 그녀는 가만히 놔두지 않았다.

"어디 가셔?"

내 등덜미를 붙잡으며 씨익 웃는 그녀. 분명 이제까지의 화사한 미소와는 격이 다르다. 뭐랄까, 차가움과 뜨거움이 공존하고 있는 느낌이랄까?

"뉘신지요?"

"어허, 자꾸 그러면 나 화낸다? 어디 가는데?"

"아까도 말씀드렸습니다만 전 저 술주정뱅이 노인네의 심부름을 가는 중이랍니다. 그러니 먼저 들어가서 말씀 나누고 계시지요, 정체 모를 손님."

그렇게 말하고 다시 걸음을 옮기려 했지만 그녀는 호락호락하지 않았다. 아예 내 오른쪽 팔을 꽉 껴안아 버리더니 어림도 없는 소리를 하는 것이다.

"호오, 술심부름이라? 그럼 같이 가자."

"…슈퍼가 멀어서 한참 나가야 하는데도 말입니까?"

"당연하지. 그리고 맞기 전에 손님 대하듯 하는 말 그만둬라? 나 그동안 운동 좀 했다?"

"그래도 초면인 손님에게 어찌……."

난 말을 끝맺을 수 없었다. 내 얼굴 앞에서 주먹을 돌리고 있는 그녀의 모습. 삼촌과 할아버지는 그런 우리 둘을 재미있다는 듯 지켜보고 있었다. 분명 내가 이 빌런에게 무슨 횡포를 당한다 해도 박수치며 더욱 재미있게 지켜볼 분위기였다.

심각하게 고민하던 나는 활짝 웃으며 말했다.

"사실은 진작부터 널 기다리고 있었지. 반갑다, 친구야."

곧 그녀의 얼굴이 어이없다는 듯 풀어지고 말았다.

난 슈퍼로 가는 내내 많은 사람들의 시선을 한 몸에 받아야 했다. 그것은 대체로 경의와 감탄이 섞인 시선들이었다. 물론 내가 그 시선의 주인공은 아니다. 당연히……

"여기 정말 사람 많다. 한국도 꽤 크네?"

무슨 관광이라도 온 듯 고개를 두리번거리며 신기해하고 있는 레이첼을 향한 것들이었다. 슈퍼에서 막걸리 및 기타 필요한 물건을 사고 나와 집으로 갈 때까지 그녀는 신기해하는 것을 멈추지 않았다. 하긴, 한국은 처음일 테니 그럴 만도 하겠지.

"잠깐만."

문을 열고 들어가려 하자 그녀가 갑자기 진지한 표정으로 나를 멈춰 세웠다. 내가 의아한 표정으로 바라보자 잠시 망설이던 그녀가 곧 당당히 말했다.

"분명 과거에 네게 실수도 많이 했고 장난도 심하게 쳤지만 그건 사과할 마음이 없어. 왜냐면 그건 분명히 어린 아이들의 그렇고 그런 장난일 뿐이었으니까."

"…누가 뭐래?"

그런 당연한 말을 뭘 어렵게 꺼내고 그러는 걸까?

그러나 곧 이어지는 다음 말에 나는 고개를 끄덕였다.

"하지만 널 만나서 꼭 이것만은 사과하고 싶었어. 그

수영장 사건, 그 일 때문에 우리 십여 년 이상을 만나지 못했잖아. 현주 숙모가 화 많이 나셔서."

그녀는 분명 미국인이다.

하지만 교육을 확실히 받은 탓인지 한국인들만의 위아래 관계나 그 호칭에 대한 문제 등에 대해서는 확실하게 한국인에 가까웠다.

그녀는 위축되지도, 그렇다고 너무 당당하지도 않은 모습으로 내게 사과했다.

"그때 일은 정말 내 실수였어. 큰 실수. 사과할게. 그러니까 너도 지금까지 나에 대해 가지고 있던 안 좋은 감정이나 기억들, 모두 잊어줬으면 좋겠어."

"…그게 그런다고 쉽게 잊혀지는 것들이냐?"

"그럼 사과 안 받아주겠다는 거야?"

눈썹미가 올라간다.

음, 이래서야 사과인지 협박인지 원. 하긴, 이래야 그녀답다 할 수 있겠지?

"뭐, 그런 건 아니야. 그것도 나름 좋은 기억인데, 뭐. 애초 사과고 뭐고 할 만한 일이 아니라고 생각해. 으음, 그 일로 어머니는 너희 집안을 상당히 싫어하게 되었지만 그건 내가 어찌할 수 있는 부분이 아니니, 뭐."

그 일로 우리는 두 번 다시 미국에 갈 수 없었다. 의자매 같았던 어머니와 숙모의 사이도 완전히 깨져 버리고 말았다. 정확히 말하자면, 어머니가 일방적으로 그 집안 사람들과 연락을 끊어버렸다고 하는 편이 옳겠지만.

"그 일 이후로 우리 엄마도 많이 어두워졌단 말이야. 툭하면 숙모 보고 싶다고 그러고, 친구를 사귀어도 예전 같지 않아졌어. 너도 알잖아? 우리 엄마와 숙모, 정말 자매 같은 사이였다는 거."

"물론이지. 그 일은 나도 안타깝게 생각하는 부분이지만… 뭐, 자식 마음이랑 부모 마음이 어디 같겠니? 내가 어찌할 수 있는 부분은 아닌걸."

"그래도 그 정도 시간이면 나나 우리 엄마에게는 충분히 사죄의 시간이 되었다고 생각해. 사실 그 이후로도 계속 연락하며 찾아오곤 했는데 숙모는 만나주지도 않았어. 연락도 받아주지 않았고."

음, 그런 일이 있었는지는 몰랐다.

하지만 왜 사과를 하며 구태여 이런 구구절절한 사연들을 나열하는 걸까?

답은 간단했다.

그녀는 나를 통해 두 분의 사이가 예전으로 회복되는 것을 바라는 것이다.

"그래서 나보고 중재시켜 달라는 거야?"

"응. 부탁해."

어찌 생각하면 뻔뻔하다고 할 수 있을 정도로 그녀는 나를 똑바로 쳐다보며 한 치의 망설임도 없이 대답했다. 나는 잠시 그녀를 바라보며 생각했다. 내가 말했던 것처럼 어쩌면 그녀는 그 일에 대해 전혀 사과할 마음이 없었던 게 아닐까? 사실 그러고 싶었다면 진작 나에게 연락할 수 있었을 것이다.

아버지가 날 지켜보고 있었다면, 아버지가 전령으로 대신 보냈을 정도로 아버지와 함께 살았을 그녀라면 분명 나에 대해 잘 알고 있을 테니까.

"너, 사실은 사과할 마음 하나도 없지?"

"……."

나름 기습적으로 묻긴 했지만 예상했던 반응은 조금도 보이지 않았다. 그저 담담한 표정. 그러나 나는 그것으로 확신할 수 있었다. 처음 마주쳤던 시선으로 감지했던 건데, 음, 뭐라고 설명해야 좋으려나? 간단히 말해 그녀는 나와의 재회 자체에 대해 전혀 달가워하지 않고 있다는 것?

난 어이가 없어 고개를 저으며 말했다.

"뭐가 그렇게 불만인 건데? 사실은 나와 같이 있는 것 자체가 싫은 거 아냐? 적어도 내가 느끼기에는 그래 보이는데 구태여 이런 상황을 만든 이유가 뭐야? 그런 마음에도 없는 사과를 한 이유는 또 뭐고."

난 분명 그녀를 짝사랑했었다.

하지만 그녀는 언제나 나를 골탕 먹일 뿐이었다. 그게 일반적인 상황이라면 문제가 없었을 텐데, 문제는 날 죽이려고까지 할 정도로 심했다는 것이다. 아무리 아이라지만 남의 약점을 잡아 사람을 교묘하게 뒤흔들 정도로 영리한 아이가 잠수를 가르쳐 준다는 핑계로 머리를 눌러 날 죽이려 했다고?

실수일 리 만무하다.

분명히 말해, 어떠한 이유로 인해 그녀는 날 죽이고 싶을 정도로 싫어한다는 증거다.

나 역시 그녀에게 연락할 기회는 얼마든지 있었지만 구태여 하지 않았고, 머릿속에서 그녀의 존재 자체를 지워 버리고 살아왔다. 처음 만났을 때 그녀를 몰라봤던 건 바로 그 이유였다. 엄마가 연락을 끊어버린 것도 그 이유였고 말이다.

이제는 무거운 표정으로 날 바라보는 그녀에게 난 마지막으로 정곡을 찌를 한마디를 던졌다.

"날 죽이고 싶을 정도로 미워했으면서 왜 구태여 날 찾아온 거지? 아버지의 부탁 때문이었나?"

"……!"

그러자 비로소 반응을 보이는 그녀. 움찔하는 모습이 아무래도 제대로 찔린 것 같았다. 쳇, 좀 씁쓸한걸.

"한번 이유나 좀 들어보자."

내 물음에 그녀는 잠시 한숨을 내쉬었다. 그리고 이전에는 전혀 볼 수 없던 증오가 가득한 미소로 내게 말했다

"많이 똑똑해졌구나, 강유빈. 그래, 난 네가 싫어. 널 처음 본 그날부터, 아니, 너라는 자식이 이 세상에 존재한다는 말을 들었던 그때부터 난 네가 싫었어."

예상했던 대답.

나는 '아, 파리가 지나가나 보다' 하는 식의 반응으로 간단하게 대답했다.

"아, 그래? 알았어. 그럼 들어가자."

"……."

그러자 황당해하는 그녀. 정말 문을 열고 들어갈려는 태세이자 그녀는 그런 나를 황급히 붙들고 말했다.

"야! 너 대체 뭐야? 너 정말 강유빈 맞아?"

"응, 맞아. 왜?"

"충격적인 진실을 들었는데……. 너, 너, 나 좋아했었잖아! 그런데 그 대상이 사실은 널 진짜 죽이고 싶었을 정도로 미워했다고 하잖아! 아무렇지도 않은 거야?"

"그럼 무슨 반응이라도 보여야 하는 거야?"

"그야 당연히······!"

뭐라 반박하려 했지만 마땅한 말을 찾지 못했는지 그녀가 말끝을 흐렸다.

날 아직도 어린 시절의 그 어리바리한 꼬맹이 녀석으로 아는 건가? 하긴, 그 후 너무 많은 일을 겪긴 했지. 본격적으로 적호문에 들락날락하게 된 것도 그렇고, 쌍칼 형이나 다른 형들과 어울리기 시작한 것도 그렇고. 난 변해도 너무 많이 변해 버렸단 말이야. 그걸 모르는 그녀는 지금 내 이상하리만치 당당한 반응이 당혹스럽기도 하겠지.

"됐어. 네가 날 미워하든 말든 뭔 상관이냐? 어차피 남남 아냐. 됐어. 미워하려면 계속 미워해. 난 듣보잡의 구구절절한 사연은 별로 신경 쓰이지 않으니까."

"드, 듣보잡이라니?"

"듣도 보도 못한 잡것. 몰라? 유명한 신조어인데."

"······!"

내 말에 비로소 그녀의 안색이 붉어졌다. 그녀는 섹시하고 아름다운 모습에 어울리지 않는 모습으로 움켜쥔 두 주먹을 파르르 떨었다. 난 한쪽 입꼬리를 올리며 말했다.

"조용히 지내자고. 나에게 전해줄 말이 있어서 온 것 같은데 딱 이야기 마치면 찢어지자고. 아무리 아버지의 소재를 네가 알고 있다 해도 너 같은 잡것과 1분 1초라도 같이 지내고 싶지는 않으니까. 알았냐?"

"너, 너……!"

난 그렇게 말하고 주저없이 대문 안으로 들어가 버렸다. 그녀가 뭐라 말하려는 것 같았지만 그대로 무시해 버렸다.

뭐, 저러다가 제풀에 지치면 알아서 숙이고 들어오겠지.

내가 들어가자 한창 이야기를 나누고 있었는지 할아버지와 수한이 삼촌 사이에 흐르는 공기는 무척 무겁게 느껴졌다. 표정 역시 그에 못지않았으니 그저 뭔가 심각한 이야기를 하고 있었구나 짐작만 할 뿐이었다.

"막걸리 사 왔어요."

물론 그런 것에 연연할 리가 없는 나인지라 난 아무렇지도 않게 그 속에 파고들었다. 그제야 날 발견한 두 사람은 살짝 미소를 지으며 반겨주었다.

"그래, 오랜만에 막걸리를 마셔보겠구나. 야, 이거 누구 돈으로 산 거지?"

"당연히 제 돈이지요. 저 할아버지는 심부름을 시키면서 돈도 주지 않았어요."

"허어, 수업료라 말하지 않았더냐? 몇 번 말했지만 내 수업은 아무나 들을 수 있는 게 아니라……."

"그건 숙식 제공으로도 충분하다고 생각합니다만?"

"…흠흠. 어쨌든 잘 왔다. 이리 와 앉아라. 아, 그나저
나 레이첼은 어떻게 된 거냐?"

"뭐, 천천히 들어오려나 보죠. 에이, 하나도 변하지 않
았던데요? 절 죽이고 싶을 만큼 싫어하는 거 하며, 쯧, 아
직 덜 자란 것 같아요."

난 지나가는 듯 가볍게 말했지만 두 사람은 꽤나 무겁
게 받아들인 모양이었다. 수한이 삼촌은 굳은 표정으로
내게 말했다.

"너도 짐작하고 있었구나."

"네. 왜 그러는지 이유는 잘 모르겠지만요. 설마 우리
아빠 때문에 자기네 아빠를 보지 못하고 있으니 뭐니 하
는 초딩만도 못한 변명이 기다리는 건 아니겠죠?"

나도 그랬지만 내가 알기로 레이첼 역시 직접적으로
음인이 삼촌을 본 적이 없었다. 지금도 영웅시되는 아버
지와 음인이 삼촌. 친구 사이이면서도 최대의 라이벌이
라 할 수 있을 정도로 두 분의 실력은 누가 최고라 말하기
가 힘들 정도로 뛰어났다. 물론 아버지가 더 우세하긴 했
다지만 말이다.

그런 아버지를 뒀으니 레이첼의 자부심은 어지간히도
거대했을 것이다. 그러나 그런 아버지가 있다는 걸 알면
서 어떠한 이유 때문에 한 번도 보지 못했다는 건 큰 트라

우마로 남았을 것이다. 내가 추측한 건 여기까지였다. 뭐, 아니면 어쩔 수 없는 거겠지만.

"후우, 너도 참 어지간하구나. 알면서도 그렇게 태연하다니……. 그렇게 가볍게 입 밖에 낼 문제는 아닌 듯싶은데 말이다."

"우리가 뭐 남인가요? 그리고 이런 문제는 꼭꼭 감추고 있어봤자 좋을 게 없잖아요. 뭐 대단한 문제라고. 쯧."

"휴우, 그래도 어릴 때는 이렇게 강심장은 아니었는데… 역시 용운이와 그놈의 적호문이 널 너무 버려놓은 듯싶구나."

"그건 저도 공감해요."

난 그렇게 대답하며 히죽 웃었다. 그때 레이첼이 문을 열고 들어왔고, 우리가 있는 응접실로 와 내 옆에 자리를 잡고 앉았다. 내가 바라보자 레이첼은 거북한 듯 목을 만지며 불평을 토해냈다.

"여기는 무슨 손님 대접을 이렇게 해? 목마른데 음료수도 안 내주나 봐?"

"무슨 소리. 여기 있잖아. 맛있는 음료수."

난 유리 테이블 위에 올려놓은 막걸리 통을 가리키며 말했다. 그녀는 기가 막힌다는 표정으로 말했다.

"나 이거 싫어. 예전에 몰래 구해서 마셔본 적이 있는데… 웨엑! 음료수 가져다 줘. 아니면 아이스커피라도."

"허, 여기가 카페냐? 별 주문을 다 하네. 뭐, 기다려 봐. 가지고 올 테니까. 아, 귀찮은데."

난 귀차니즘의 포스를 팍팍 풍겨내며 자리에서 일어섰다. 마침 냉장고에 삼촌들이 집을 선물하며 잔뜩 준비해놓은 고급 음료수들이 종류별로 있었기에 적당히 머그컵에 담아 가져다 주었다. 곧 모두가 한입 들이키는 것으로 본격적인 이야기가 시작됐다.

물론 그 서두는 내가 꺼냈다.

"자잘한 이야기로 아까운 시간 보내지 말고 바로 본론으로 들어가죠. 아버지에 대해 아시는 거 있으면 다 말해 주세요. 레이첼 너도."

"흠, 하긴 그 편이 더 좋겠구나. 레이첼, 네가 유빈이를 싫어한다는 건 알고 있지만 지금 이 자리에서는 사사로운 감정은 잠시 접어주기를 바라마."

"…전 그 정도로 어린애가 아니에요."

레이첼은 퉁명스럽게 말한 뒤 내게 눈을 흘기며 설명을 시작했다.

"저도 많이 아는 것 없어요. 그저 딱 한 번, 3년 전에 수호 작은아버지를 만나서 이야기를 들을 수 있는 기회가 생겼던 것뿐이죠."

"아버지를 만났다고?"

"응. 어느 날 갑자기 연락을 해오셨더라고. 3년 전에는 뉴욕 쪽에 거처를 두고 계셨는데, 난 종종 찾아가서 우리 아버지 이야기와 현역 시절 때 있었던 일들을 듣곤 했어. 수호 작은삼촌은… 너와 달리 참 따스하고 듬직한 분이셨지."

"아, 그러셨어요? 어쨌든 계속 말해봐. 무슨 이야기를 했지? 아버지는 왜 네게 접근한 거야?"

"별거 아냐. 그저 내 아버지가 어디서 무슨 일을 하고 있을지에 대해 이야기를 해주셨고, 그리고 자신들이 왜 현역에서 은퇴하고 어둠에 숨어 돌아다니고 있는가를 말씀해 주셨어."

"으음. 그런데 왜 하필이면 널 찾아서 이야기한 거지?"

"그건… 아무래도 내가 너나 너희 어머니에 비해 비밀을 알게 되거나 설령 작은아버지들을 노리고 있는 분들이 나의 존재에 대해 알게 된다 해도 위험부담이 적은 사람이기 때문이 아닐까 싶어."

"…네가 뭐라도 되냐. 물론 너희 집이 재벌이라는 건 인정하지만 우리 집안도 만만치 않을 텐데?"

"후, 네가 아직 날 모르는구나. 하긴, TV나 잡지도 안 보고 문명과는 동떨어진 생활을 한다니…… 잘 들어. 내가 유명해도 너희 집안 사람들보다 더 유명하고 우리 집안, 세계 50대 재벌 안에 들어가는 힘있는 집안이야. 나만 해도 내가 일 년에 벌어들이는 수익이 어지간한 대기업에 맞먹을 정도라고."

"…너, 직업이 뭔데?"

"이래도 몰라? 너 정말 답답한 애구나. 삼촌, 유빈이 너무 심한 거 아니에요? 어떻게 된 애가 음악을 한다면서 절 모를 수가 있는 거죠?"

"유빈이는 얼마 전까지만 해도 연예계 자체를 별로 좋아하지 않았거든. 네가 이해해다오."

"그래도 그렇지, 아~ 정말 뭐 이래? 명색이 언론인 집안 아들이라면서……."

음, 저렇게까지 말하며 황당해하니 괜히 내가 무슨 큰 잘못을 저지른 듯한 기분이 든다. 하지만 뭐 어쩔 건데? 사람이 모를 수도 있지.

"연예인이라도 되냐? 참고로 난 마이클 잭슨 이후로 외국 쪽의 스타라면 아무도 모르니 괜히 가슴 아파하지 말라고."

"점점… 후우! 그래, 좋아. 어쨌건 난 그런 위치에 있는 사람이고, 아버지와 삼촌들을 쫓는 그 녀석들은 각 나라의 문화 잠식을 통해 국가의 미디어 매체를 손에 넣으려는 놈들이니 날 함부로 할 수 없는 게 당연해. 난 이래 봬도 영화 쪽에서는 세계 최고의 몸값을 자랑하는 존재니까."

"오, 그 유명한 헐리웃 스타? 뭐, 옛날 안젤리나 졸리 같은 건가?"

"그건 네가 알아서 생각해. 어차피 넌 말해도 잘 모를 거 아냐?"

"아니. 하지만 네가 높은 만큼 아버지도 높은 위치에 있었을 텐데… 그 부분은 잘 이해가 가지 않는걸. 그들이 문화 잠식을 통해 세계 언론을 장악하려 한다는 건 알겠는데, 그럴 거면 그늘에 숨지 말고 차라리 정면에 맞서 싸우는 게 더 편하지 않았겠어? 아무리 그래도 프론티어라는 그룹과 스테라의 루이슨 하워드라는 파워는 어느 기업도 무시하지 못할 수준일 텐데. 무엇보다 아버지에게는 작은아버지가 있다고. 세계 최고 엔터테인먼트인 엠페러의 총수 말이야."

"쯧쯧, 그게 언젯적 일인데 아직도……. 너 정말 세상 물정을 모르는구나?"

내 말에 레이첼이 한심하다는 표정을 지었다. 내가 어처구니가 없어 삼촌을 바라보니 삼촌은 어색하게 웃으며 말했다.

"레이첼 말이 틀린 말은 아니란다. 우리가 처음부터 방송가와 언론 중심으로 돌아다녔으면 네 말대로 해도 좋았겠는데, 아쉽게도 우리의 인지도는 소비자와 고객들에게만 힘이 있었거든. 애당초 방송 출연이다 뭐다 모두 거부해 버린 채 오직 공연에만 힘을 써왔으니 말이야. 기득권들 입장에서는 우리가 눈엣가시 같은 존재였을 거야."

"그래도……."

"그리고 지훈이 같은 경우도 예전에 비해 힘이 많이 격감된 상태란다. 다 그들 때문이지. 최근 조사해 본 바로는 이미 그들은 미국 엠페러 엔터테인먼트가 지니고 있던 영향력을 일정 이상 흡수해 버린 상태더구나. 무엇보다도 엠페러가 혼자인 것에 비해 그들은 여러모로 돌아다니며 기업들을 흡수, 합병하며 세력을 불리고 있으니 제아무리 지훈이라고 해도 고전을 할 수밖에 없는 입장이란다."

"……."

난 할 말을 잃고 멍한 표정을 지었다.

아무리 내가 정세에 관심이 없었다고는 하지만 이렇게까지 힘든 지경이었다니……. 난 한참 후에야 조심스럽게 입을 열었다.

"그들이 의도적으로 우리 쪽을 압박하고 있는 거로군요."

"그렇지. 아무래도 우리야말로 그들의 사업에 큰 악영향을 끼치는 걸림돌일 테니까."

"대체… 문화 잠식을 하고 세계의 언론을 통제해서 뭘 하겠다는 거죠? 혹 세계 정복이라도 꿈꾸고 있는 건가요?"

"뭐, 비슷한 거겠지? 분명 그들에게는 그럴 힘이 있으니까. 뭐, 사실 그런 건 현대에 이르러 거의 불가능하다고 볼 수 있는 문제이니 별로 신경을 쓰지 않아도 되지만, 실상 문제가 되는 건 그런 것들이 아니야."

"그럼요?"

"아마 녀석들은 수호를 통해서 뭔가를 얻으려 하는 걸 거야. 그리고 그 뭔가라는 건… 아마 재섭 아저씨에게 받은 거겠지."

"할아버지에게서요?"

난 놀란 표정으로 할아버지에게 시선을 돌렸다. 할아버지는 한숨을 내쉬곤 말했다.

"이쯤 되면 슬슬 유빈에게도 내 정체를 밝혀야 할 때가 된 것 같구나. 유빈이도 확실하게 결심이 선 것 같고, 지금까지 살펴본 바로는 충분히 제 앞가림을 할 수 있는 능력도 있는 듯하니……. 뭐, 사실 이쯤 되면 유빈이도 어느 정도 내 정체를 짐작했으리라고 본다. 그렇지?"

"뭐, 대강 짐작은 했죠. 인정하기 싫지만 아무리 봐도 나와 닮았는걸요."

"허허, 그래, 내가 누구라고 생각하냐?"

"내 친할아버지. 아버지와 작은아버지가 어렸을 때 매정하게 가족을 버리고 여행을 떠난 사람. 그렇게 된다면 강재섭이라는 이름보다는 강정수라는 이름으로 불러야 맞죠. 그렇죠?"

"그래, 잘 알고 있구나."

담담한 나의 신색에 할아버지 역시 담담하다는 표정을 지었다. 그러나 수한 삼촌과 레이첼은 뭐 이런 사람들이 다 있냐는 듯 기묘한 표정을 지었다. 나는 어깨를 으쓱하며 말했다.

"뭐, 그에 대한 사정은 수한이 삼촌에게 들었으니 지금에 와서 배신감을 느꼈다거나 원망스럽다거나 하지는 않아요. 뭐, 그건 그렇다 치고, 대체 무슨 일 때문에 쫓겨 다니시는 거예요? 아버지에게는 뭘 건네준 거고."

"흠. 그걸 말하기 전에 내 과거를 좀 알아야 할 필요성이 있다. 이야기가 좀 길어질 것 같은데 괜찮겠니? 너 조금 있다가 기획사도 가야 하지 않느냐?"

"아, 그러고 보니 슬슬 시간이 됐네요. 어쩌지?"

"뭐, 당장 들어야 할 만큼 급한 이야기는 아니니 나머지는 저녁에 계속 하자꾸나."

"그래야겠네요."

"음? 뭔데? 어디 가는 건데?"

그때 궁금증을 못 이긴 레이첼이 내 옆구리를 푹푹 찌르며 물었다. 참 어지간하군. 방금 전까지만 해도 내가 죽이고 싶을 정도로 밉다고 하더니……

"매니저 일을 시작했거든. 맡은 애가 아직 데뷔를 안 해서 정식으로 일을 시작한 건 아니지만 교육을 받으러 가야 해서……"

"…매니저?"

순간 레이첼이 황당하는 표정을 지었다.

그녀는 말을 더듬으며 재차 물었다.

"네, 네가 매니저를 한다고?"

"응. 그것도 메인."

"로드 매니저도 아니고 메인? 네가 몇 살이라고 벌써……?"

"왜, 고등학교 2학년생은 메인 매니저 하면 안 된다는 법이라도 있는 거야?"

"그, 그건 아니지만 너무 어리고… 그리고 너, 약하잖아?"

"흠. 꼭 강해야 매니저 하나? 그리고 나 안 약한데? 이래 봬도 주먹질 좀 한다고."

"그 체격으로 무슨……"

"아아, 나 바쁘니까 갔다 와서 이야기하자고."

더 무슨 소리가 나올지 몰라 난 재빨리 자리에서 일어
서려 했다. 그러자 그녀가 옷깃을 붙잡으며 내게 뜬금없
는 부탁을 했다.

　"나도 가볼래!"

　"…어딜?"

　"네가 간다는 기획사. 나도 가보고 싶어."

　"왜?"

　"한국 기획사는 어떻고, 네가 누구를 담당하게 됐는지
도 궁금하단 말이야. 데리고 가주라. 응?"

　"하지만……."

　난 어이가 없어 어떤 말을 해야 할지 잠시 망설였다. 그
러다가 힘겹게 말했다.

　"너, 톱스타라면서? 그러면 여기저기서 알아볼 거 아냐.
아까는 작은 골목길을 돌아다녀서 아무렇지 않았지만 이
번엔 좀 곤란하다고. 거긴 시내 한복판에 있단 말이야."

　"괜찮아, 나는. 그리고 네가 지켜줄 거잖아. 너, 주먹질
좀 한다면서?"

　"그, 그거야……."

　대체 무슨 생각으로 이러는 건지……. 아, 정말 여자의
마음은 도저히 알 수가 없구나.

　무슨 꿍꿍이야?

난 눈살을 찌푸리며 고심했다.

과연 그녀를 데리고 나가서 얻을 수 있을 이득이 무엇일까? 세계적인 톱스타라면 어지간한 경호원들이 떼거지로 붙는다 해도 몰려드는 사람들을 도저히 감당할 수 없을 텐데…….

"정말 남자가 소심하게 왜 그래? 나 같은 미녀가 몸소 따라가서 어깨 좀 으쓱하게 해주겠다면 감지덕지할 것이지."

"내가 귀찮아질 건 생각 안 해봤고?"

"매니저 할 거라면서? 그러면 차라리 데뷔 전에 유명세를 타는 게 더 좋을 거 아냐? 나랑 같이 다니던 의문의 남자가 사실은 누구누구의 매니저였다! 이런 게 한번 터지면 네가 맡고 있는 스타에게도 좋고 너에게도 여러모로 유리할 텐데."

"오, 그렇긴 하네? 하지만 이거 어쩌지? 나, 매니저 길게 할 생각이 아니어서. 그냥 이 바닥은 어떤지 공부하려고 하는 거거든."

"어머, 그러면 뭐 하려고?"

그녀는 눈을 동그랗게 뜨며 도저히 껴안아 버리지 않고는 배기지 못할 표정을 연출했다. 그러나 이미 그녀의 실체를 알고 있는 나로서는 가증스럽기 그지없을 뿐이었다.

"아직 안 정했어. 하지만 분명한 건 매니저만 하고 있지는 않을 거라는 거야. 난 나만의 특별한 길을 찾을 거야."

"그게 뭔데?"

"내가 어떻게 알아? 이제 걸어가야 할 길인데 가면서
알아봐야지. 내 길의 목적지가 뭔지. 어쨌든 넌 따라오지
마. 귀찮아지니까."

난 그렇게 말하고 휘적휘적 일어서 2층 방으로 걸어 올
라갔다. 옷을 갈아입기 위해서였다. 그러나 레이첼의 성
격은 역시 만만치 않았다.

"나도 갈 거야. 할아버지, 삼촌, 저 따라가도 되죠?"

"그래. 그러려무나. 유빈아~ 레이첼도 같이 데려가거
라."

"엑? 싫어요! 안 돼요!"

난 삼촌의 말에 얼굴을 찌푸리며 대답했다. 아무리 나
라도 수한이 삼촌의 말은 웬만해서는 거절하기가 어려웠
기 때문이다. 하지만 거절해야 한다. 오늘은 정말 중요한
마지막 미팅이 있는 날이다. 큰 공중파 방송에서 데뷔를
시키기 위한 미팅! 난 어떻게든 오늘의 일을 성공적으로
마쳐야 한다.

"흠, 저렇게까지 말하니 어쩔 수 없구나. 레이첼, 오늘
은 그냥 집에서 쉬려무나."

"이잉~ 나도 가고 싶은데……."

"안 돼. 오늘 정말 중요한 일이 있단 말이야. 그냥 조용히 집에 있어."

"그래도 가고 싶은데……."

그렇게 묘한 콧소리로 말하며 내 팔에 몸을 기대는 레이첼.

큭! 마, 마음이 흔들린다! 가, 같이 가도 되지 않을까?

으윽! 안 돼! 약해져서는 안 돼! 난 약한 남자가 아니야!

나를 누구라고 생각하는 거냐!

나, 권유빈!

나의 의지는 하늘도 움직이지 못할 의지이다!

난 이깟 아양과 애교 따위에 절대 넘어가지 않는다!

"아잉~ 유빈아아~ 나도 데려가 주라. 응? 응?"

"…같이 가자."

마지막 결정타에 이를 악물고 버티던 나는 그만 항복의 깃발을 펄럭여야 했다.

민아야~ 미안해~ 나도 어쩔 수 없는 남자인가 봐~ 흑흑.

Lesson 7 잘못된 만남

MUSIC ON

1

"와~ 기분 좋다."

"……."

나는 지금 미팅 장소로 가는 길이다. 물론 가릴 것 다 가리며 변장을 했음에도 수많은 이들의 시선을 한 몸에 받고 있는 레이첼 때문에 뭔가 기분이 좀 이상하긴 했지만, 어쨌든 내 가슴엔 결의의 불꽃이 이글거리고 있었다.

이 미팅, 반드시 성공적으로 이끌어서 담당 PD에게 나를 마음에 들도록 할 것이다.

그래야 앞으로도 최소 황금 시간대의 공중파 음악 프로그램 출연을 보장받을 수 있을 테니 말이다.

'후, 그러고 보니 여기 많이 익숙한 곳이구나. 아까부터 이상한 기분이 든다 했더니…….'

한참을 걸으려니 거대한 오솔나무 길이 펼쳐졌다.

그러고 보니 이 길, 언젠가 그녀와 함께 걸었던 곳이다.

두근거림에, 설렘에, 그리고 행복함에 마냥 잠겨 서로의 손을 꼭 잡고 말없이 걸었던 이 자리.

"민아야……."

마지막 헤어짐이 그랬던 탓인지 난 아직도 민아의 죽음에 죄책감을 느끼고 있었다.

로즈 엔터테인먼트라고 했던가? 국내에서 유일하게 S엔터테인먼트에 대적할 수 있다는데, 과연 내 힘만으로 민아의 복수를 할 수 있을까?

"그러고 보니 요즘 들어 좀 안이했던 것 같구나."

난 결심한 것이 두 가지가 있다.

하나는 민아의 죽음에 대한 실상을 확실히 파헤쳐 그 대상에게 복수할 것.

그리고 나만의 특별한 길을 찾아 언젠가는 아버지와 우리 가족들을 위협하고 있는 그들에 맞서 싸우는 것.

이제 그 첫발을 내디뎠을 뿐이다.

매니저를 하다 보면, 그래서 어느 정도 위치에 올라가다 보면 알 수 있겠지?

국내에도 그 단체들이 이미 잠입하여 연예계를 거의 장악한 상태라 하니…….

"먼저 어디에서도 흔들리지 않을 반석을 다지는 게 중요하다. 먼저 실력. 실력을 닦아야 해. 음악이든 싸움이든."

매니저가 되면 다른 무엇보다도 중요한 것이 언제 닥쳐올지 모를 위기에 대한 대처이다.

그러기 위해 운동을 꾸준히 해야 하고 반드시 주먹을 쓸 줄 알아야 한다.

물론 요즘은 예전보다도 훨씬 더 법이 강화되어 어지간해서는 주먹을 쓰며 몸을 부딪칠 일이 없다고는 하지만 유비무환이라고 했다. 가지고 있는 게 많을수록 좋은 것이다.

"조바심 내지 말고 차근차근……. 급히 먹는 밥이 체한다고 했으니까."

그동안 그만뒀던 운동도 해야 할 것 같고, 쌍칼 형을 찾아가 단련도 좀 받아야 할 듯싶었다. 적어도 내가 아는 한 용운이 삼촌을 제외하면 우리나라에서 가장 싸움에 능한 이가 바로 쌍칼 형이었으니 말이다.

"…유빈! 강유빈!"

"응? 아, 왜? 불렀어?"

"뭐야? 무슨 일인데 계속 못 들은 척하는 거야? 내가 억지 부려서 따라왔다고 시위하는 거야, 뭐야?"

"아, 미안. 잠깐 생각할 일이 좀 있어서. 근데 뭔 일이야?"

잠시 삐친 표정을 짓던 레이첼이 곧 아무렇지 않다는 듯 바로 미소 지으며 밝게 물었다.

"네가 맡은 연예인, 어떤 애야?"

"그냥 고1 여자 애야. 나이에 비해 참 성숙하고 예뻐. 이미지가 참 맑은 아이지."

"흐음. 사랑하는 거야?"

"…뭔 헛소리야?"

"아니, 그냥… 말할 때 표정이 좋아 보여서. 알고 지낸지 좀 됐나 봐?"

"응. 여자 친구 동생이거든."

"여자 친구 동생? 여자 친구 있어?"

"응."

난 그렇게 말하며 웃어 보였다. 그러자 묘한 표정을 짓던 레이첼이 곧 능구렁이를 백만 개는 잡아먹은 듯한 미소를 지으며 입을 열었다.

"이제 이해가 되네. 아무리 싸움 잘한다 해도 고교생을 메인으로 써주는 게 이상하다 싶었는데……."

"…뭔 소리를 하고 싶은 거야? 다시 말하지만 나는……."

"호호~ 알았어. 누가 뭐라고 했나? 빨리 가자. 언제까지 가야 하는 거야?"

"이제 지하철만 타고 내리면 바로니까 걱정 마. 저 계단만 올라가면 돼."

난 그렇게 말하며 정말 질릴 듯이 뻗쳐 있는 계단을 가리키며 회심의 미소를 지었다.

지하철에 계단 컴보!

보통 이 정도면 엔간한 된장녀들은 혀를 내밀며 짜증을 부린다. 남다른 대접에 익숙해져 있는 그 종족은 자신들이 스스로를 귀족이나 왕족가의 고귀한 레이디라고 착각하며, 그것에서부터 비롯되는 긍정적 마인드로 살아가는 족속들이다.

하물며 헐리웃 스타라는 그녀라면, 흐흐, 바로 아웃이지!

"오~ 지하철! 그것도 한국 지하철이라니……. 나, 너무너무 타보고 싶었어! 빨리 들어가자!"

"…위험할 텐데? 너 헐리웃 스타라며?"

"변장했잖아? 괜찮아, 괜찮아~ 나 사람 많은 곳 좋아해. 아, 그리고 우리 에스컬레이터 타지 말고 계단으로 가자. 운동해야 해, 운동! 편해지는 것에 익숙해지면 게으름뱅이가 된다고!"

"……."

아, 그러세요?

내 믿음을 가차없이 배반하는 말에 쓰린 표정으로 계단을 올랐다. 그때 들뜬 마음에 나보다 앞서 올라가는 레이첼의 뒤태가 보였다. 비록 기다란 검은 원피스를 입은 탓에 가려졌지만 가끔씩 펄럭일 때 드러나는 길고 매끄러운 두 다리와 만지면 묻어날 듯 우유같이 하얀 살결, 건강미 넘치는 뒤태와 더불어 나풀거리는 기다란 실 금발은 아무리 변장했다 하지만 그녀의 매력을 아낌없이 보여주고 있었다. 키도 나보다 약간 크게 보일 정도로 훤칠했으니…….

그때 내 귓가에 계단 한쪽에 쭈그려 앉아 있던 화려한 옷차림의 네 양아치들의 목소리가 들려왔다.

"모델인가?"

"외국인이겠지? 유럽 계열인 것 같은데……. 아, 선글라스랑 모자 좀 벗겨봤으면 좋겠다."

"그것보다는 옷을 벗겨봤으면 좋겠는데? 죽일 것 같지

않냐?"

"그러니까, 음, 소개팅은 관두고 저 여자나 꼬셔볼까?"

"남자는 어쩌고?"

"말 안 들으면 반 죽여주면 되겠지. 자자, 가보자고."

그렇게 말하며 자리에서 일어선 네 명의 양아치는 우리의 뒤로 바짝 다가오더니 그중 한 명이 내 어깨를 붙잡았다. 그리고 나머지 세 명은 우리를 감싸며 더 이상 계단을 오르지 못하도록 했다.

"뭐, 뭐죠?"

당황한 표정의 레이첼. 그러나 그 물음에도 아랑곳없이 양아치들은 자신들이 할 말만 했다.

"와~ 가까이서 보니 더 죽이는데? 유럽계 맞아!"

"그래? 야, 선글라스 벗겨봐. 빨리."

"잠깐만."

그들은 그렇게 말하며 레이첼의 선글라스와 모자를 벗기려 손을 뻗었다. 물론 그것을 가만히 보고 있을 내가 아니었다.

휙!

"어어어?"

손을 뒤로 밀어 내 뒤에 서 있던 양아치의 가슴을 밀어

버렸다. 그는 예상치 못한 일에 크게 당황하며 두 팔을 허우적대다가 난간을 잡으려 했다. 물론 난 그것을 순순히 허락할 정도로 착하고 느긋한 성품이 되지 못한다.

빽!

"커억!"

그대로 녀석의 중심부를 걷어차 버렸고, 녀석은 눈을 부릅뜨며 고통스런 표정으로 황급히 두 손으로 중심부를 감싸 쥐었다. 당연히······.

쿠당탕탕탕!

"으아아아!"

녀석은 그 기다란 계단에서 굴러 떨어지며 처절한 비명을 내질렀다.

"사, 상철아!"

"어, 어떻게······?"

"······!"

당연히 나머지 세 녀석들은 입을 쩍 벌린 채 아무런 말도 못했다. 이런, 고맙게도 무방비 상태로 멍을 때려주시다니······. 이건 나보고 쌓인 화를 풀어버리라는 하늘의 계시임에 틀림없다.

퍼억! 퍽! 퍼퍽!

난 그대로 녀석들의 옷을 잡아당기고 엉덩이와 복부를

걷어차 녀석들도 똑같이 계단 밑으로 떨어뜨려 주었다. 녀석들은 나름 개성이 투철한 비명을 지르며 꼴사나운 모습으로 계단을 굴렀고, 주변 사람들은 멍한 표정으로 그 모습을 바라보았다. 그 모습을 보니 갑갑했던 가슴속이 한결 시원해지는 것 같았다.

"가자."

난 히죽 웃으며 레이첼의 손을 잡고 남은 계단을 올랐다. 나를 향한 이상한 시선이 느껴졌지만 알 게 뭐냐? 으하하! 또 이렇게 시비 걸어주는 사람이 있다면 참 좋을 텐데…… 어디 그런 먹잇감 더 없나?

역시 하늘은 내 편이었다.

지하철에 탑승하고 나자마자 먹잇감이 또 한 마리 나타난 것이다.

"꺅!"

뾰족하게 울린 비명 소리. 레이첼이 지른 소리였다.

"왜 그래?"

"아, 아냐."

내 물음에 레이첼은 황급히 고개를 저으며 내게로 조금 더 다가왔다. 아무래도 뭔가에 두려움을 느끼고 있는 듯했다.

음, 지옥철을 연상케 할 정도로 많은 사람들 눈에 확 띄는 아름다운 미녀, 그리고 들린 비명 소리.

바보가 아니고서야 바로 알아챌 수 있었다.

치한!

아직 덜 풀린 속을 달래주려고 어느 고마운 녀석이 몸소 헌납을 할 작정인 게 틀림없었다.

"누가 엉덩이 만진 거지?"

화악!

내가 귀에 속삭이며 묻자 바로 반응이 왔다. 음, 레이첼, 꽤 순진한 면이 있는데? 이런 걸로 어쩔 줄 몰라 하다니…… . 흐흐, 걱정 마시라. 내가 해결해 주마!

고개를 두리번거리며 사람들을 살폈고, 곧 몇 명의 용의자를 파악할 수 있었다. 바로 시선을 돌린 나는 창밖을 보는 척 곁눈질로 레이첼의 빵빵, 크흠, 예쁜 엉덩이를 바라봤고, 그렇게 잠시 시간이 흘렀을 때,

'걸렸다!'

"어딜!"

덥석!

레이첼의 엉덩이로 향하던 손목을 재빨리 붙잡아 버렸다.

"꺄악!"

그리고 들린 비명 소리.

"엥? 뭐, 뭐야?"

"꺄아악! 변태야!"

분명 레이첼이 지른 소리는 아니었다. 난 내가 붙잡은 손목을 시작으로 인물의 선을 쭉 따라 올라갔고, 옷차림과 얼굴을 확인했을 때,

"…여자?"

상대가 여자, 그것도 꽤나 아름다운 아가씨라는 것에 깜짝 놀라 멍한 표정을 지었다.

쫘아악!

힘찬 손찌검. 눈이 번쩍하며 뺨이 뜨거워진다.

나, 싸대기를 맞은 건가?

"변태새끼! 어딜 만지는 거야? 죽어버려!"

쫘악! 쫘악!

연타로 이어진 싸대기 콤보에 난 정신을 차릴 수 없었다.

따르르르릉

―다음 역은…….

마침 다음 역이 목적지였던 탓에 난 여자를 억지로 잡아끌며 함께 내렸다.

쫘악!

내가 제일 먼저 한 일은 여자의 뺨을 때리는 것이었다.

난 맞고는 못산다.

그게 설령 아름다운 여자나 늙은 노인, 어린아이라 할지라도 내 스스로가 아무 잘못이 없는데 억울하게 당한 거라면 난 그대로 되갚아준다.

쫘악! 쫘악!

음, 사실 조금 마음이 아프긴 하다. 모두가 보는 앞에서 예쁜 여자를 때리고 있으니 말이다. 하지만 그렇다고 그대로 넘어가 울화병이 도지는 것보다야 훨씬 낫다. 난 정확히 내가 맞은 세 대를 그대로 갚아준 뒤 싸늘하게 말했다.

"아무리 세상이 이상해졌다고는 하지만 그런 추한 짓이라니… 창피하지도 않아요?"

"……."

그러나 여자는 아무 말도 하지 않았다.

그저 믿기지가 않는다는 듯 맞은 뺨에 손을 댄 채 멍한 표정으로 날 보고 있었다. 어느새 주변에는 사람들이 모여들기 시작했고, 그들은 모두가 여자를, 그것도 예쁜 여자의 뺨을 세 대나 때린 나를 손가락질하며 욕하기 시작했다.

그때 그녀가 돌연 울먹이며 이상한 소리를 하며 달려

나갔는데…….

"흑, 미안해요. 정말 죄송했어요. 행복하세요."

언뜻 보면 진중한 사과였고, 아무 말도 아닌 듯했지만 상황이 묘했던지라 오해성 발언이 되어버렸다. 그녀는 얼굴을 감싸 쥐며 달려나갔고, 난 어처구니없어 그 뒷모습을 멍하니 바라보았다.

"쯧쯧, 아직 어린것이 벌써부터 양다리라니……."

"이봐! 남자가 그러면 못써!"

"이거 인터넷에 사진이랑 같이 올려야겠어. 강제로 한 여자를 잡아끌고 내릴 때부터 뭔가 이상하다 싶더라 니……."

"나도 올려야지."

"나도."

와, 한 남자 인생 망가지는 건 정말 순식간이구나.

난 대꾸할 기운도 없어 그저 한숨을 푹푹 쉬며 자리를 빠져나갔다.

레이첼은 출구 옆 기둥 뒤에 숨어 있었다. 난 그 모습을 보며 또 한탄하지 않을 수 없었다. 저렇게 풍성한 원피스 와 모자, 선글라스 등으로 모습을 감췄다고 하지만 자칭 세계의 마음을 사로잡았다는 허리우드 미녀 스타의 자태는 결코 범상한 것이 아니었다. 혹야 눈썰미 있는 자들에게 걸려 봉변을 당하면 어찌하려고 저런 곳에 혼자 있는지……. 난 크게 미안해하는 레이첼의 손을 꽉 잡은 뒤 성큼성큼 걷기 시작했다.

다른 의미가 있어서 손을 잡은 건 아니었다.

다만 여러모로 귀찮아질 수가 있기에 차라리 이렇게 공개적으로 손을 잡아 임자 있는 사람이니 함부로 말도 붙이지 말라는 무언의 경고를 주기 위함이었다.

그렇게 한참을 걸어 마침내 약속 장소인 한 커피숍에 도착할 수 있었다. 멈춰 선 나는 잠시 망설였다. 과연 레이첼과 함께 미팅에 동석해야 하는 건지, 아니면 따로 쉬고 있으라고 한 다음 이야기를 해야 하는 건지 몰랐기 때문이다. 난 즉시 처음 전화로 약속 잡았을 당시 느꼈던 PD의 목소리를 떠올렸다. 그는 꽤나 신경질적이었으며 뭔가 빨리, 빨리라는 습관이 말투에서부터 배인 듯했다.

음, 역시 동석하면 보기 안 좋겠지? 앞으로 친해져야 할 사람인데.

"레이첼 너는……."

"싫어. 나도 같이 있을 거야."

내가 무슨 말을 하려고 했는지 그녀는 내 표정만 보고도 파악한 모양이었다. 난 잠시 할 말을 잃었다가 고개를 저으며 다시 설득하려 했다. 그러나 그녀는 요지부동이었고, 결국 나는 어쩔 수 없이 동석을 허락해야 했다.

뭐, 그러고 보니 미인 싫어하는 사람 없다고 어쩌면 도움이 될지도 모르겠구나.

"들어가자."

난 옷가지를 가다듬고 조심스럽게 자동문 앞에 섰다. 곧 유리로 된 맑은 문이 소리없이 부드럽게 열렸고, 난 그 안으로 들어가 주위를 두리번거렸다. 곧 한쪽 구석 창가에 앉아 표정을 잔뜩 구긴 채 서류 뭉치를 보고 있는 30대 중반의 한 남자가 보였다. 난 그에게 다가가 인사하며 물었다.

"안녕하세요. 권유빈이라고 합니다만… 쇼 뮤직박스 PD님이 맞으신지요?"

"아, 맞습니다. 앉으세요. 시간 딱 맞춰서 오셨군요."

꽤나 날카로운 말. 마치 약속에 대한 기본 예의도 없냐며 비난하는 것 같아 난 어색하게 웃으며 자리에 앉았다. 그는 뭐가 그리도 마음에 안 드는지 간간이 짜증스런 표정으로 한숨을 내쉬고 있었는데 내 옆에 앉는 레이첼을 보자 뒤늦게야 눈을 빛냈다. 그리고 방금과는 전혀 다른, 호기심이 가득한 표정으로 내게 물었다.

"옆에 있는 여자 분은… 애인 분이신가요?"

"아니요. 으음."

난 뭐라 대답할까 잠시 고민하다 빠르게 대답했다.

"저희 회사의 기획실장님이십니다. 꼭 PD님을 뵙고 싶다고 하셔서 같이 동행했습니다."

"오, 높으신 분이군요. 한데 이렇게 아름다운 미인이시라니……. 그런데 꽤나 선글라스와 모자를 좋아하시나 보군요. 아니면 얼굴에 상처가 있으신 건가? 얼굴 한번 보죠. 어쩌면 오늘 이야기 좋게 풀릴 수도 있을 것 같은데?"

그는 히죽 웃으며 의미심장한 말을 던졌다. 그 내면을 파악한 나는 살짝 얼굴을 찡그렸다가 황급히 표정 관리를 했다. 다행히 레이첼에게 모든 신경을 빼앗긴 그는 내 표정을 보지 못한 듯했다. 잠시 고민하던 레이첼은 고개를 저으며 정중히 말했다.

"죄송합니다. 제가 얼굴을 좀 다쳐서… 맨얼굴 보셔도 실망할 거예요. 추한 모습 보여드리는 건 오히려 예의가 아닐 듯하네요."

"헤~ 그래요? 이거 갑자기 기분 나빠지려 하네. 날 바보로 아는 건지……. 제가 이 일을 몇 년이나 했다고 생각하십니까? 알 거 다 아는 사람끼리 이러지 맙시다."

"…무슨 뜻이죠?"

"자자, 한번 얼굴 좀 봅시다. 자."

내가 그렇게 물었지만 그는 전혀 들은 척도 않은 채 손을 비비며 마치 악덕 장사꾼 같은 비릿한 웃음을 지어 보였다. 눈에는 음심 또한 슬쩍 엿보였다. 후우, 이 바닥, 정말 보면 볼수록 한숨밖에 안 나오는구먼.

"자자, 얼굴 보면 욕밖에 안 나오실 겁니다. 또 얼마 전에 수술을 해서 보셔도 그리 당기진 않을 겁니다. 설마 아무리 예쁜 여자가 좋아도 인조인간을 좋아하는 건 아니겠지요?"

"…그렇지."

"짐작하셨겠지만 이분, 분명 원래는 예쁜 얼굴이었습니다. 하지만 불의의 사고로……. 어쨌든 좀 상처가 되는 일이 있으니 양해해 주시기 바랍니다. 부탁합니다."

"…크흠. 그럼 뭐……."

그는 마음에 안 든다는 표정을 짓긴 했지만 순순히 물러섰다. 원래 마음에 안 드는 거래를 뿌리치는 최고의 방법은 동정심을 유발하거나 주먹으로 두려움을 유발하는 법이 최고였다. 이 자리에서 주먹을 쓸 수는 없으니 만들어서라도 이렇게 거절해야 할 필요성이 있었다.

"어쨌든 이렇게 뵙게 되어 참 영광이라 생각합니다. 저도 사실 이 일을 시작한 지 얼마 안 돼서……. 정말 형님으로 생각하면서 많은 것들을 배우고 싶습니다."

"어려 보이긴 하지만… 나이가 얼마나 되기에……?"

슬쩍 말을 놓는 그. 하지만 난 기분 좋게 웃어 보이며 대답했다.

"현재 고등학교 2학년생입니다."

"고2? 그 나이에 메인을 뛰고 있단 말이야?"

내 예상대로 그는 크게 놀란 모습을 보였다. 난 마지막으로 나란 존재에 대해 비록 어릴지언정 만만치 않은 녀석이라는 것을 못박아줘야 할 것 같아 말했다.

"네. 다행히 제가 좋은 형님들과 어려서부터 친하게 지낸 터라 약간 경력이 좀 되거든요. 그런 절 좋게 봤는지 이런 일을 알선해 주시더라고요. 감사한 일이죠."

"……"

그는 아무런 말도 못한 채 멍하니 고개를 끄덕였다. 내 말에 담긴 뜻을 제대로 알아들은 것 같았다. 그때부터 난 계속 이야기를 주도하기 시작했다. 한번 잡았으면 그대로 쉴 틈을 주지 않고 몰아쳐야 하는 게 바로 화술의 기본. 그는 곧 내 의도에 따라 끌려 다녔고, 난 적절한 아부와 그에 빗대어 스스로를 낮추는 것을 통해 조금씩 좋은 결과를 쌓아갔다.

첫 인상과는 달리 그는 상당히 단순한 사내였다.

그런데 그때였다.

띠리리리.

어디선가 들리는 핸드폰 벨 소리.

"아, 잠시만."

그는 은색의 폴더를 열어 통화를 시작했고, 곧 침중한 기색으로 전화를 끊은 뒤 한숨을 내쉬었다. 갑자기 대화가 단절되어 버리자 난 어리둥절한 표정으로 그를 바라봤다. 그는 우리에게 양해를 구하곤 자리에서 일어나 다른 곳으로 갔고, 곧 한참이 지나서야 나타나 자리에 앉으며 또다시 인상을 구겼다. 그의 입에서 작은 욕설이 터져 나왔다.

"제길, 변태 같은 년."

"네?"

"후우, 정말 환장하겠네. 기다려 봐. 조금 있다가 어떤 미친년이 올 텐데… 그년이 무슨 말을 해도 놀라지 말고 프로그램에 출연하고 싶으면 잠자코 요구를 따라주는 게 좋을 거야. 아, 정말, 안 온다 그러더니 또 무슨 바람이 불었는지…….

대체 무슨 말을 하는 걸까?

"저…….

"왔다."

내가 무슨 말인지 물으려 할 때 그가 굳은 표정으로 문을 보며 속삭였다. 나는 대체 뭔 일인가 싶어 고개를 돌렸는데, 뭐야, 저 여자? 아까 지하철에서의 변녀잖아?

"어? 너, 너는……."

그 여자 역시 우리를 발견했는지 멈칫하며 당황스런 표정을 지었다. 그러나 그것도 잠시뿐, 그녀는 여유가 가득한 기색으로 왠지 짜증이 치솟는 듯한 미소를 지으며 당당하게 다가왔다. 그리고 남자의 옆에 앉으며 우리에게 물었다.

"애들이… 미팅 대상자들이었어?"

"네. 이쪽은 매니저 권유빈 씨, 그리고 이쪽은 기획실장님이랍니다."

"호오, 기획실장?"

순간 빛나는 두 눈.

그는 뭐라 말하려 했지만 고개를 저으며 포기했다는 듯 몸을 뒤로 기댔다. 이제부터의 대화에 자신은 참여하지 않겠다는 무언의 뜻이었다.

"초면은 아니죠?"

"그렇… 군요."

왠지 불길한 예감이 들었다. 그녀는 정말 여시같이 얄미운 미소를 짓고 있었다. 가슴이 두근거린다.

그녀는 천천히 입을 열었고, 곧 청천벽력과 같은 사실을 알렸다.

"내가 바로 쇼 뮤직박스 책임 프로듀서인 민경아에요. 반가워요."

그러면서 손을 내미는 그녀.

레이첼과 난 서로를 바라보며 멍한 표정을 지었다.

그녀는 웃으며 말했다.

"자, 그럼 '거래'를 시작해 볼까요?"

물론 연예계가 별별 괴상한 일들이 판치는 곳이라는 것쯤은 잘 알고 있었다.

한데 이런 사람이 있을 줄은 상상도 못했다.

레즈비언 CP(책임 프로듀서)라니……. 그리고 지하철 변태라니…….

"왜요? 전 그냥 이 여자 분이랑 조용히 이야기하고 싶은 것뿐인걸요. 빨리 결정해 주세요. 저, 바쁜 사람이에요."

그녀는 그렇게 대답을 촉구하며 싱글거렸다. 넌 절대로 거절할 수 없을 것이라는 믿음 때문이었는지 어이없는 것을 요구하면서도 너무나 자신만만한 눈빛이었다.

와, 이거 연예계 발 들이밀자마자 별……. 정말 환장하겠네.

"죄송합니다. 그렇게는 안 될 것……."

"네? 그리고 이것 좀 벗어보세요. 왠지 어디서 많이 본 것도 같거든요."

이 부분에서 나는 뜨끔했다.

혹 이미 정체를 알고 있는 게 아닐까 생각했지만 표정을 보니 그건 아닌 것 같았다. 난 여기서 뭔가 결단을 내려야 할 필요성을 느꼈다.

난 표정을 굳히고 아까부터 날 계속 무시하는 그녀에게 엄포를 놓았다.

"자꾸 이런 식으로 나오시면 지하철에서 있었던 일 모두 이야기할 겁니다."

"어머, 누구에게요?"

"당연히 기자들에게죠. 와, 이거 괜찮겠는데요? 유명 방송 프로그램의 간판 PD가 지하철에서 우연히 가수 데뷔를 앞두고 있는 모 양을 성추행했더라. 이거 뜨면 나름 홍보도 될 것 같은데 그쪽은 괜찮으시겠어요?"

"……."

그녀는 아무 말도 하지 않고 그제야 진지한 표정을 날 바라보았다.

난 마지막으로 쐐기를 박았다.

"난 이런 일에 망설이는 사람이 아닙니다. 저도 이렇게 치사하게 나오긴 싫었는데 자꾸 그런 식이라면 저도 어쩔 수 없어요. 어떻게 하실래요? 거래, 제대로 한번 해보실래요?"

"…후우."

그녀는 살짝 한숨을 내쉬었다. 내 말이 충분히 먹혔다고 생각했다. 그러나 그것도 잠시,

"호호홋! 정말 당돌한 자식이네? 야, 너 몇 살이야?"

"네?"

갑작스런 욕설과 반말. 예상과는 또 다른 반응에 난 당황했다. 그러자 그녀는 사나운 표정으로 날 노려보며 말했다.

"한번 해봐. 아까 사람들 많이 모여서 막 사진 찍고 너 욕하고 그러던데… 진실 공방으로 가면 과연 사람들이 누구 말을 믿어줄까? 해봐. 나도 이 기회에 이런 시시한 음악 프로 말고 다른 예능 쪽으로 한번 나가보게. 해봐. 해봐!"

난 그제야 사람들의 웅성임을 기억해 냈다.

확실히 그녀의 말이 맞다.

물론 제대로 공판을 가리자면 못할 것도 없겠지만 문제는 사람들에게 중소 기획사이니 여자 가수를 이용해

이런 식으로 PR을 시도한다는 등의 좋지 못한 인상을 남겨줄 수도 있다.

시작이 반이라 했다.

이런 식이라면 확실히 저 변녀 말대로 불리한 것은 우리 쪽이다. 내 심정을 꿰뚫어보기라도 하듯 그녀는 비웃으며 계속 말했다.

"누구한테 감히 협박질이야? 아직 머리에 피도 안 마른 새파랗게 어린것이……. 너, 이런 식으로 나에게 잘못 보여서 좋을 거 없어. 어떻게 할 거야? 빨리 결정해."

이제는 대놓고 안하무인 식으로 요구한다.

와, 이런 일을 저지르면서 정말 당당하구나. 확실히 세상은 넓단 말이지?

자, 이제 어떻게 한다?

"후우! 이런 식이라면 참 곤란한데……."

확실히 PD들을 적으로 만든다는 건 멍청한 짓이다.

하지만 삼촌들이 조언해 줬다시피 한번 타협하게 되면 계속해서 하게 된다.

무엇보다도 저런 재수없는 여자에게 고개를 숙이기 싫다.

레이첼도 별로 좋아하진 않지만 저런 여자는 더더욱 싫다.

"죄송합니다. 저흰 이만 가보도록 하겠습니다."

나는 그렇게 말하며 자리를 떠나려 했다. 그러나 그녀는 나를 가만 놔두지 않았다. 아니, 정확히 말하면 레이첼을 그냥 가도록 놔두지 않았다고 하는 편이 옳을 것이다.

"잠깐."

"네, 네?"

당황한 레이첼의 물음.

변태녀는 미심쩍은 표정으로 레이첼에게 말했다.

"어디서 보신 분 같은데… 잠깐 안경 좀 벗어보시죠? 실내에서도 계속 그러고 계시는 건 사람 만날 때의 예의가 아닌 듯한데요?"

"후우, 아까 저분에게도 말씀드렸지만 저는……."

"아아, 전화로 다 들었어요. 사고당하셨다고요?"

"네. 그러니 양해를 좀……."

"거짓말하지 마시죠. 저희가 바보인 줄 아시나 봐요? 그냥 넘어가 드리니 못하는 말이 없네요. 그리고 아직 이야기 안 끝났으니 앉으시죠. 정말 그런 식으로 계속 나오면 명예훼손 혐의로 고발할지도 몰라요."

"…진심입니까?"

"거짓말하는 것 같나요?"

그러면서 또다시 싱글대는 그녀.

와, 정말 표정 한번 다양한 여자다. 그게 모두 재수없는 쪽으로 몰려서 그렇지 저 정도면 연기해도 성공하겠네.

밉상 연기.

"왜 그렇게 관심을 못 끊는 거죠? 싫다고 했잖아요."

"뭐, 그건 그쪽 마음인데, 그럼 저는 기분 나빠서 고발할지도 몰라요. 그리고 보니 인터넷에 사진과 함께 올린다는 말도 있던데… 거기서 제가 한마디 덧붙이면 어떨까요? 그리고 모든 방송국 PD들에게 이런 무례함을 전하면? 앞으로 방송 출연 힘들 텐데요? 정말 이대로 가도 되겠어요?"

"……."

걱정하는 듯 말했지만 그것이 실은 빈정거림이라는 것은 깊게 생각하지 않아도 알 수 있었다. 예전 성격 같았다면 진작 싸대기를 후려쳐 버리고 자리에서 일어났겠지만 아무래도 이번 일의 피해는 나와 미란이만 당하는 것으로 끝나지는 않을 성싶었다.

아, 정말 짜증나네.

그렇다고 아무 상관 없는 레이첼을 순순히 팔아넘길 수도 없는 노릇이고, 어떻게 한다?

"이 바닥 이런 거 진작 각오하셨을 거 아니에요? 그쪽 여성 분은 다 알고 계셨을 텐데 이러시면 곤란하죠. 서로 좋은 게 좋은 거 아니겠어요? 거래에 순순히 응하신다면 앞으로도 그쪽 회사의 가수 분들은 활동 시기가 되면 반드시 소개시켜 드릴게요. 괜찮은 조건이죠? 요즘 공중파 스케줄 잡기가 하늘의 별 따기인 건 아실 텐데……."

그녀는 그렇게 말하며 한쪽 눈을 찡긋했다. 아, 재수없어. 이거 보면 볼수록 끓어오르는데, 이 여자 혹시 내 성질 뻔히 알면서 일부러 도발하는 거 아냐? 깽 값 물어, 그냥?

"아, 혹시 그쪽 소속사의 가수 분도 여자라고 그랬죠? 혹시 사진 가지고 계시나요? 있으면 좀 보여주세요."

"…왜요?"

"일단 이미지를 봐야 할 것 아니에요? 그거 보고 무대 컨셉이나 그런 것도 정해야 할 텐데……. 또 모르죠. 혹 마음에 들면 나중에 다른 음악 방송뿐 아니라 예능 프로그램들에도 소개시켜 줄 수 있을지……. 이 개통이 다 한 줄로 통하는 거 아시죠? 미리미리 PR해 두면 좋잖아요. 한번 줘보세요."

난 인상을 구기며 품에서 사진 몇 장을 꺼내 건네주었다.

"흐음. 아직 어린 것 같은데… 혹시 고등학생인가요?

나이에 비해 무척 성숙한 느낌이 풍기네요. 와, 이 사진 참 잘 나왔는데요? 초록 숲 배경과 어울려 무척 청순하고 고아한 느낌이 들어요. 앗~ 이 사진도 참 예쁘네요! 음, 오렌지 같은 풋풋함이 있달까? 와~ 이거 대박인데요? 일단 사진 이미지는 참 좋아요."

변태녀는 감탄을 멈추지 못하며 사진에 집중하는 모습을 보였다. 사진 속 미란이의 모습을 보며 쉴 새 없이 감탄하는 모습. 난 그 속에 뜨거운 욕구가 담겨 있다는 것을 알 수 있었고, 그것이 바로 음심이라는 것 역시 알 수 있었다.

여자가 여자에게 사랑과 섹스의 욕구를 느끼는 것.

저거 변태 중에서도 상 변태 아냐? 뭐 저런 여자가 다 있어?

"침이나 좀 닦으시죠?"

"후릅!"

어느새 멍한 표정이 된 그녀는 침이 흐르는 것도 자각하지 못한 채 계속해서 사진을 보고 있었다. 아니, 정확히 말하자면 뭔가 상상을 하고 있었다. 뻔하지. 미란이를 제멋대로 다루는 그런 변태적인 상상이겠지?

"주세요."

난 손을 빠르게 뻗어 그녀가 들고 있는 사진을 빼앗았

다. 비로소 이성을 되찾은 그녀는 날카로운 눈빛으로 내게 말했다.

"이 아이도 괜찮을 듯하네요. 약속 잡죠. 언제가 좋을까요?"

"……."

그 순간 내 이성은 끊어지고 말았다. 매끈한 뺨을 향해 논스톱으로 휘둘러지는 내 주먹.

빠아악!

울려 퍼지는 둔탁한 소리와,

"으아아악!"

커지는 비명 소리.

난 소란을 뒤로한 채 레이첼의 손을 잡아끌며 커피숍을 벗어났다.

제길. 저질러 버렸군.

Music on 2권 끝

비뢰도 飛雷刀
100만 부 돌파 기념 이벤트

올 겨울 달콤한 핏빛으로 물들여라!
무협 소설의 신화 「비뢰도」의 흥행 돌풍은 아직 끝나지 않았다.
비뢰도와 함께 시작된 무협 소설의 신화는 계속된다.

꿈의 기적! 100만 부 돌파의 성공 신화!
무협 소설 분야에서의 전례 없는 100만 부 돌파 기록!
그 달콤한 흥행의 비뢰도는 끝까지 계속된다!

무협 소설의 스테디 셀러!
비뢰도 100만 부 돌파 기념 이벤트
비뢰도의 흥행 돌풍은 아직 끝나지 않았다.

이벤트 상품 (상품 이미지는 실제와 다를 수 있습니다)

[1등] 황금열쇠 1명
(순금 10돈)

[2등] PSP 게임기 3명

[3등] 10만 원권 백화점
상품권 10명

이벤트 기간
2009년 1월 5일 ~ 2009년 3월 6일

당첨자 발표
2009년 3월 20일

공모전 분야
비뢰도 관련 UCC, 카툰, 일러스트 중 택1

이벤트 참여 방법
http://www.novelcore.net 홈페이지에 방문하신 후 '비뢰도 이벤트' 메뉴 또는 '비뢰도 이벤트 광고 배너'를 통해 UCC, 카툰, 일러스트 중 원하시는 분야를 선택하여 독자님께서 제작하신 결과물을 해당 게시판에 등록해 주시면 되겠습니다.

유행이 아닌 자유추구 -
WWW.chungeoram.com
BOOK Publishing CHUNGEORAM